新　潮　文　庫

ビロウな話で恐縮です日記

三浦しをん著

新　潮　社　版

10929

目次

まえがき　日記、それは自意識との戦い。

三島由紀夫は日記に、「尾籠《びろう》な話で恐縮だが」と書いた。

その逸話を思い出すたび、赤面しながら由紀夫に飛びかかって、「好きだー！」と叫びたい気持ちになる。日記なのに、だれに対してともなく恐縮してみせる由紀夫。どんだけ自意識が過剰なんだ、と若干思わなくもないが、しかしそれ以上に、きっとものすごくひとに気をつかう性格だったんだろうなと、恋に似た甘酸《あまず》っぱい気持ちが胸に満ちあふれるのだ。

日記とは基本的に、「自分だけが読むことを前提として書きつづる記録」だと考えられている。しかし、他者の目をまったく意識せずに日記を書いているひとって、本当はあまりいないんじゃなかろうか。日記帳は常に、家族や恋人に盗み読みされる危険にさらされている。だから部長はイニシャルで日記を記す。「MとTホテルで会合。三時」。実際は、「総務課の三田さんと東急インで密会。三回」なんだがな。ははは、妻にばれたら大変だ。

本書は、インターネット上で二年弱つづけた日記を取捨選択したものだ。こんなに日記を書いたのははじめてで、楽しいものだなあと思った。しかし生来のズボラが災いして、やっぱり毎日書くことは不可能だった。章タイトルは、「日記を継続して書くのがいかに難しいか」について、各界を代表する人物（？）に代弁していただいたものです。

単行本化の際に、脚注をつけた。自分の日記に自分で脚注！　どんだけ自分好きなんだ。由紀夫に飛びかかるときと同じぐらい、顔が赤らむ。脚注は自意識の表れではなく、サービス精神の表れだと解釈してもらえるといいのだが……、と俺の自意識が言っている。

世界を震撼させるような大事件は、天地がひっくりかえっても私の日常からは出来《しゅったい》しそうもない。にもかかわらず、なぜ日記をつけるのかなと、日記を書きながらいつも考えた。たぶん、記憶は薄らいでいくものだからだろう。そしてたぶん、消えゆくものをなんとかして形にとどめておきたいという欲望が、人間には備わっているからだろう。

「いっそのこと消えゆくに任せたほうがよかったのでは」と思えるような、ビロウな話ばかりの日記になってしまったが、お楽しみいただければ幸いです。

※文庫化にあたり、文庫版脚注を新たに少しだけ入れました。番号の振ってある脚注が、単行本時からのもの。文庫版の脚注は、番号なしの☆印となっています。
この期《ご》に及んで、また脚注！ 自意識すげえな、と思われないといいのだが、と俺の自意識が言っている。無間自意識地獄。ちなみに私のパソコンは、「むげん」と打つと、まず第一に「ＭＵＧＥＮ」と変換されるようになってしまいました。その理由は、「文庫版あとがき」で明らかになることでしょう……。

ビロウな話で恐縮です日記

一章　坊さんも三日で飽きる

はじまり

2007.01.01

あけました。正月は本宅(※1)に帰った。餅《もち》食った。以上。

……日記ってなにを書くものなんだ。

箱根駅伝　往路

01.02

二日はもちろん箱根駅伝を見るのだ。テレビで。

そう、テレビで！(※2)　もう寒風吹きすさぶ芦《あし》ノ湖《こ》に行かなくていいし、録画したビデオをねちこく再生してデータを採ったりしなくていいんだ！　感涙にむせぶ。

しかし選手のみなさんの真剣な姿を目にすると、やはり居住まいを正してテレビに向かってしまうのであった。

「山の神、降臨！」という実況が、シシガミ様みたいな風合いが

(※1) 両親と弟が住む家を本宅、私が一人暮らしをしているアパートを火宅と称する。概《おお》ね、火宅で自堕落な生活を送っているのだが、正月などはさすがに本宅を訪ねる。たまに、理不尽な用件（一月二十九日の項を参照されたし）で母に本宅へ呼びつけられたりもする。

(※2) 箱根駅伝のストーカー、というわけではない。箱根駅伝を題材にした小説を書くため、五年ぐらいずっと、正月は取材と録画チェックに明け暮れていたのだ。あたたかい部屋で心おきなくテレビを見る正月は久々であった。感涙。

あっておもしろかった。

箱根駅伝　復路

01.03

もちろん三日も箱根駅伝を見るのだ。テレビで！(※3)
「箱根駅伝今昔物語」に、以前に復路の鶴見《つるみ》中継所で繰り上げスタートになってしまった、法政大学の選手のかたが出演していた。「もう二度とあのときの鶴見中継所には戻れないけれど、いまもそのつづきを走っているような気がする」(勝手に要約)と語る姿に、激しく胸打たれる。
仕事はじめ。依頼されていたエッセイを猛然と書く。

(※3) よほど嬉しかったらしい。ところで火宅にはテレビがない。「火宅ではテレビを見ないんですよ」と言ったら、「『見ない』んじゃなくて、『ない』んですよね?」と知人から冷酷なる訂正を受けた。すみません、ちょっと見栄張ってみちゃったんです。

ロシアの王様

01.05

上野の東京文化会館でレニングラード国立バレエを見る。演目は『海賊』だ。そう、これは、「新年早々、半裸のルジマトフ(※4)の濃厚フェロモンを浴びよう！」企画なのである。Oさん、MJさ(※5)んと行ったのだが、同じ回に友人あんちゃんも来ていることが判明し、合流。

結論から言うと、いやあ、相変わらずすごかっただよルジマトフ。休憩時間にトイレに行ったMJさんが、「並んでた女性たちが、『あの青い服のひとが出てくると、舞台が盛り上がるよね』と言ってました！」と報告してくれたが、まさにその通り。「青い服のひと」としか認識してない観客をも悩殺する、ルジマトフのだだ漏れフェロモンパワー。一日に摂取していいフェロモンの許容量を超えている。そのためか、舞台が終盤に近づくにつれ、私の顔の皮膚はテラついてならなかった。あらやだ、受け止めきれなかったルジィのフェロモンが脂《あぶら》として出ちゃったようだわ。

特筆すべきは、海賊の首領、ヒロイン、海賊の手下（これがルジマトフ）のパ・ド・トロワが終わったとたん、ルジマトフが舞

（※4）ルジマトフは、ロシアのバレエダンサー。バレエの歴史に確実に名を残すだろうダンサーだが、存在があまりにも個性的すぎるためか賛否両論あるのも事実。申すまでもなく私と友人のあいだでは賛。むしろ絶賛。たまに客席で、「（いろんな意味で）すごすぎる！」と笑いをこらえて震えている。

（※5）マイケル・ジャクソンの大ファンなので、イニシャルはMJ。

台の端っこで膝《ひざ》を立てて座ったところだろう。この座りかたが、手下のくせに王者の風格なんだ。まだ主役二人は踊ってるのに、お客さんの目は座ってるルジィに釘付《くぎづ》け。

あれは舞台荒らしですよ。マヤ(※6)、恐ろしい子……！

そんな感じ。

終演後、全員で韓国料理屋さんに行き、いま見たものがなんだったのか反芻《はんすう》会。

「ルジィは舞台の調和とか協調性は重視しないんでしょうか」

「『軸足ぶれてんだよ、若造めが！　俺の美を参考にしろ！』と言わんばかりの回転と跳躍」

「基本的に、『きみたちは体力に任せて跳ぶがよい。しかし、俺のキレとフェロモンに勝てるかな？』という姿勢ですよね」

「カーテンコールでも微笑ひとつ浮かべず、『どうも』と軽く頭を下げるだけなのが、またクールです」

「ものすごくアクが強いとは思うのですが、どうしても、どうしても目が離せない魅力が！」

(※6)『ガラスの仮面』(白泉社・美内すずえ)の主人公。漫画の登場人物の名を、友人であるかのように前置きなく会話や日記で連発するのはやめよう、と思うのだがやめられない。心の友だから。

Oさんはパンフレットのほかに、ルジィのDVDまで購入していた。素早い。Oさんが「先に見ていいですよ」と言ってくださったので、そのDVDを借り受ける。はたしてどんな内容なのか……。胸高鳴らせつつ、あんちゃんと一緒に火宅に帰宅。

ロシア宮廷

01.06

日付が変わってから、あんちゃんと火宅に到着。早速、ルジマトフのDVDを鑑賞する。

若かりし日のルジィ。巨大な犬と息子とたわむれるルジィ(「巨大な」というのは「犬」にかかるのであって、ルジィの息子はべつに巨大じゃない)。見どころたっぷりの内容であった。なかでも、インタビュアーに日本の女性についての印象を問われ、「街を歩いてる女性のなかに美人はいないねえ」(勝手に要約)と答えてるところが最高潮か。あんちゃんと私は、

「言ったー！　言い切ったー！」

「これ日本で発売していいDVDなのか！」

と悶絶《もんぜつ》する。皇帝たるもの、極東の小国への遠慮や配慮などいっさいする気はなシルブプレ。ロシア宮廷での公用語はフランス語です。

さすがルジィだ、と深夜に大爆笑。

朝が来て、仕事に出かけるあんちゃんを見送る。私も仕事するも、いまいちはかどらず。ガイガーカウンターの針も振り切れるほどのルジィのフェロモンのせいだ。きっとそうだ。そういうことにしておこう。

はかどらないわけ

01.07

あー、なんで仕事ってはかどらないんだろ。読書ははかどるのに。今日はすでに漫画を三冊と本を一冊読めたのに。

そうか、だから仕事がはかどらないのか。

堀五朗の『BL新日本史』（幻冬舎）がおもしろい。「日本の歴史は男男関係によって作られた！」と熱く主張する書。古代から明治維新までを網羅。イラストは九州男児。（※7）うーん、なんてナイスな人選なんだ。

この本を読んで、きっと多くのひとが目を覚ますであろう。

「そうか、俺が会社で課長のことが妙に気になってしまうのは、課長の命令にいちいち突っかかってしまうわりには課長に認められたくて残業を頑張り、あまつさえ休日の接待ゴルフなど忌《い》まわしき風習だと思ってるのに、最後までつきあって課長を車で家へ送り届け、『あら、いつもすみませんねえ。うちのひとったら、趣味はゴルフしかなくって、接待といえども張り切っちゃって困るわ』と出迎えた課長の奥さんのいれてくれた茶が妙に渋く感じられてしまったのは、恋！　だったのか！」と。

すごく長い一文だった。

気になるのは、男たちが男男関係によって歴史を動かしていた

（※7）漫画家。詳しくは次ページの脚注8を参照されたし。

そのとき、女たちはなにをしてたのかということだ。

たとえば院政期に、夫や息子が宮廷で入り乱れた人間模様を織りなしているのを目撃しつつ、御簾《みす》の奥にいた女たちは、女の園でどんなコミュニティーを形成していたのであろうか。

「うちの息子、上皇さまの覚えがめでたいのよ。あー、よかった。やっぱハンサムな息子を生むにかぎるわ。さ、すごろくでもしましょ」

と、女房たちと無邪気かつ清純に遊んでいたのか。絶対にちがうはずだ。女は女で、ぬかりなく女女関係を築いていたはずだ。そのあたりの文献も（少ないだろうが）探してみたい。とにかく、硬直した読みから解き放たれて歴史をたどる、おもしろい本であることよと感嘆した。

松山花子の『普通の人々』（幻冬舎）も楽しすぎる漫画だった。ところで、九州男児（※8）と松山花子って同一人物だよな？　いまごろこんなことを言ってるようでは漫画読みとして失格だが、いつも微妙に確信が揺らぐ。いや、どう見ても絵柄（と作風）は同じな

（※8）九州男児も松山花子も、スリリングかつ爆笑の作品を多数発表しているので、未読のかたはぜひどうぞ。ちなみに、同一人物だそうです。あくまで伝聞ですが。

のだが。あ、プロフィール欄の誕生日も同じだ。いやいやしかし、双子の姉妹（姉弟？　兄妹？）ということだってありうる。

『普通の人々』は、会社の転勤で行ったさきのとある地方が、「普通」をことごとく排除する土地柄だった、というギャグ漫画。社員食堂にも「定食」（※9）がないのだ。その地方では定食とは、「自ら『選ぶ』ことの自由と権利をドブに捨て、ただ大多数が適当に美味《おい》しいと思うものを無難な量だけ詰め込んだ——堕落した人間たちのニーズに対応したメニューのこと」だからである。素晴らしいな、この感性。

「性別」「性別に基づいて社会が要求する役割」といった固定観念に対して、高らかに「ＮＯ！」と主張してるにもかかわらず、すべて笑いにまじえて描写してるので嫌みがない。ものすごく熱き闘いの書であることよ、とまたも感嘆した。

……さて、仕事に戻るかな。

（※9）ところで、もしかしたらおいしくないかも、と予感のするさびれた定食屋に入ってしまった場合、私はたいがい親子丼を注文すると決めている。食べられないほどまずい親子丼を作るのは、逆に至難の業だからだ。危険回避を試みて無難な道を選ぶ己れが、たまに腹立たしい。

拭《ふ》く紙

01.09

トイレットペーパーってのはどうして、大のほうの用を足したときにかぎって、タイミングよく（悪く？）交換時期になるのか。しかも、まだちょっと拭きたりないかもってタイミングで！　小用だったらちょうど踏ん切りよく芯《しん》が表れるぐらいの紙の残量のときに、なぜもよおすのはいつもいつも大のほうなのか。世の中にはいろんな不条理があるが、なかでもこの問題は、私のなかで定期的に（トイレットペーパーの交換時期ごとに）喚起される大きな疑問だ。

「あ、ペーパーが少なくなってきたな」と気づいたときに、こまめに補充のペーパーを便器の近くに準備しておけば問題解決だ。それはわかっている。わかっているが、人間ってのは当座の用を無事に足せたらそれで満足し、なかなか未来にまで思いを馳《は》せられないものじゃないか。その未来が、「大をしたときにかぎって、必ずペーパーの交換時期に当たる」という形をしている、と経験則としてわかってはいても、「まさか今度はちがうだろう」とついつい希望的観測をしてしまうものじゃないか。

ちなみに私は、公共のトイレで自分の番にペーパーがなくなったのに、新しいものと交換していかないやつは大嫌いだ。あれは本当に腹が立つ。

そんなことを考えながら、半ケツのまま戸棚からごそごそと新しいトイレットペーパーを出した。

うっちゃる　01.09

おやもう朝か。

日記にどの程度仕事の話を書くべきか、判断に迷うな……。明治の男は黙って仕事をするものなのだ。明治生まれでもないし男でもたぶんないと思うが。

(※10)その日にどんな仕事をしたかは、すでに自分の手帳につけてい

(※10) 達成感を得るため。私はわりと、夏休みの計画表とかはきちんと書く派だった。実践するかどうかはべつとして。いまも手帳には予定もなく仕事もしてない空欄の日が多いが、それはそれとして。

る。さらに日記にまで仕事状況を書くなんて、なんだか言い訳じみていないか。「ほら、○月○日も、ほんとに昼夜を問わず仕事しつづけてたんですよ、信じてください！　でも遺憾ながら〆切《しめきり》にまにあわなかったんです！」という……。

ごほん。べつに泣き言ではないのだよ。明治の男に泣き言はない。大丈夫だ。まだ（ちょっとだけ）時間は残されている。明治の男は粘るのだ。土俵際《ぎわ》で粘ってうっちゃりに持ちこむ技は天下無双と謳《うた》われた明治の男だ。いや、〆切をうっちゃっちゃダメだろ。

01.10

おお……！

またもやBLの名作に出会ってしまった……！

まんだ林檎《りんご》の『LOVESONG』（竹書房）だ。まんだ林檎の漫画のうまさはすでに定評あるものだと思うが、なかでもこの短編集はすごく好みだ。収録作のなかで、私は特に『あたらしい家族』が好きだった。ここだけの話、かなりグッときてちょびっと涙が出てしまったぞ。漫画を読んで一人泣く日々。幸せだ……よな？

『あたらしい家族』は、ゲイカップルが、一方の母親が住む田舎の家での同居を決意し、そろって帰省する話だ。

息子が男をつれて帰ってきて、しかもこれから三人で一緒に住もうとか言いだし、動揺を隠せぬ母ちゃん。子どもたちが独立し、夫にも先立たれて一人で暮らしていた母ちゃんの心情が、丹念に描かれていく。

リアルな陰影を持った人物像によって、「家族」とはなんなのかを静かに問い直す一作。この作品のテーマは、たとえば息子が女の嫁さんつれて帰ってくる話じゃ、絶対に表現できないのである。血のつながりによって構成される「一般的な家族」は、あくまで一過性の関係にすぎないと、母ちゃんは（そして現実を生きる一部の人々は）身をもって実感してるからだ。そのむなしさを乗り越えて、新たな結びつきを得たいと願うひとにとって、『あたらしい家族』は大きな希望であり指標となる作品だ。これはまさに、BLだからこそ表現しえた話で、私はいま大きな感動にひたっている。

BLの特性というか強みをちゃんと活《い》かしながら、普遍的テーマを正面から扱う作品だ。いままでの創作物ではフォローしきれなかった、しかしたしかに現実に存在する問題や感情や思考を、読み手に知らしめてくれる。

たとえば私に息子がいるとして、「母ちゃん、俺、今度このひと（もちろん男だ）と一緒に、母ちゃんの火宅で同居しようと思うんだ」と言われたら、どうするだろう（娘が「このひと（もちろん女だ）」をつれてきた場合もあわせて考えてみる）。

うーん……、べつにどうもしないな。問題はひたすら、子どもがつれてきた「このひと」と私の性格が、同居できる程度に合うかどうかで、「このひと」の性別はどうでもいいな。

本当に子どもがいて、実際にそういう場面に直面したら、またなにか複雑な物思いもあるものなんだろうか。じゃあたとえば、弟が男をつれてきて、「俺、今度このひととサンフランシスコで結婚式してくるから」と言ったらどうだろう。いやあ、やっぱりどうもしないな。「ああそう」って言うな。ちょっと興味津々《しんしん》で出会いとか詳しく聞いちゃいそうだが。

私が一番恐れるのは、自分の子どもが、「つきあってる女を妊娠させちゃったんだよー（もしくは妊娠しちゃったのよー）。中絶費用を貸してくんねえ？」なんてしょっちゅう言ってくるような、ものすごいバカ（人間としてバカという意味だ）だったらどうしよう、ということだ。

もう、生んどけ！　母ちゃんが責任もって育ててやるから！あ、でも私の育てかたが悪くて、子どもがものすごいバカになっちゃったわけだから、そのうえポコポコ生まれる孫をまた私が育てたりしたら、ますますバカを増やしてしまうことになりはすまいか……。おおぅ（苦悩）。

子どもを生む予定すらないのに、孫の養育について苦悩してどうする。

こんな夢を見た。

01.10

川べりの道を、友人なのか弟なのかわからぬ男と歩いている。彼も私もまだ小学校低学年ぐらいの子どもで、季節は夏だ。車の通る道はまたべつにあるので、私たちは川べりの狭い遊歩道いっぱいに広がり、歌ったりかたわらの草を蹴《け》ったりしながら進んでいく。

そのうち「九品仏《くほんぶつ》」に行こうということになる。九品仏がどこのどんな町なのかわからぬが、錆《さ》びついた町内案内板を見ると、たしかにその名がある。ここからはずいぶん遠い。もう夕闇《ゆうやみ》も迫っているので、また今度にしようと連れの男は言う。私はぜひ今日のうちに九品仏九丁目に行かねばならぬと思い、男をなだめすかす。

川べりから離れ、住宅街に入る。道は入り組んでいて、急坂ばかりだ。喉《のど》がかわいたと男がごねるので、自動販売機でジュースを買おうとするも、子どもの背丈に比してそれはあまりにも巨大で、小銭の投入口まで手が届かない。早く九品仏に行かねばと気が急《せ》き、「じゃああんたはここで待ってて」と言うと、男はべそをかきながらついてきた。これはやっぱり弟なのであろうと思う。

急坂から、直角にまがりくねった脇道《わきみち》に入る。そこが九品仏だ。九品仏九丁目はすぐにわかった。ほかは建て売りの一戸建てが並ぶ静かな住宅地だが、九品仏九丁目には、荒れ果てて窓ガラスも割れた建て売り住宅と、建築途中の建て売り住宅とが混在している。目につくのは家を建てている大工さんたちと、工事関係者ばかりだ。住人の姿はまるでない。建てたはいいが、買うものも住むものもないまま家は荒廃し、それでまた新しい家を建て、ということを繰り返しているようだ。

九品仏九丁目は蒸し暑く、息をしにくいほど空気は淀《よど》んでいる。ついてきていたはずの弟がいつのまにかいなくなっているが、かまわずに家々を見てまわる。

薄い水色の作業着を着た男に、「九品仏九丁目はどこですか」と聞くと「ここだよ」と言う。「九品仏さんを探しているのですが」と聞くと、「それならあそこだけど」と大きな道に面した一戸建てを指す。「早くここから出たほうがいい。作業員もしょっちゅう頭がおかしくなっちゃう場所だから」。

それならそんな場所に家を建てるのなどやめたらいいが、そうもいかない事情もあるのだろう。男に教えられた家のまえに立つ。一戸建ての門柱にはいくつか表札が出ている。「九品仏」と書いてあるものもある。表札のうちのひとつは、なぜか門柱の地面ぎりぎりの場所に貼《は》りつけられている。名前は読みとれないが、奇妙なことだ。あるいは飼い犬の表札をわざわざ作り、あんなところに貼ったのかもしれぬと推測する。

九品仏家から一人の女が出てきて、「九品仏茉札《イレ》」(※11)と名乗る。「茉」を「イ」とは読まぬのではないかと考えながら、「この家を探してずっと歩いてきた」と告げると、女はとても喜ぶ。


(※11)オタクは見る夢の登場人物名もオタクだ。

女がまだ幼少のころに暴漢が家に押し入り、女の家族は全員惨《ざん》殺《さつ》された。それ以降、女の家はもとより、九品仏九丁目自体にひとが寄りつかなくなったのだという。

「この玄関は方角が悪いのでふさいでしまいました。すぐ横の和室で、家族が殺されたので……」と女は言い、庭をまわって裏口に私を案内する。庭から遠慮がちに覗《のぞ》いてみるが、件《くだん》の和室は薄暗く、いまどんな様子なのかはわからない。きっと部屋じゅう血の海であったろうに、この女はそれを一人でどうやって片付けたのだろう。

裏口から家のなかに入り、二階に案内される。物が少なく、フローリングの床はざらざらと埃《ほこり》っぽい。「いまお茶をいれますから」と女は一階の台所に降りていき、部屋に一人残された。

カタン、カタン、と女が台所で立ち働く音がする。開いたままだった部屋のドアから、どっと血のにおいが押し寄せた。

もうすぐ夜になるから帰りたいと思うが、動けない。

困惑

01.10

自転車のタイヤの空気入れを買った。どれだけ眺めても使いかたがわからない。いっそ口で吹きこむしかないのか。

こんな夢を見た。二

01.11

古くて立派なホテル(※12)の中庭でディナーを食べている。友人と三人ほどで、薄ピンクのテーブルクロスがかかった小さな円卓を囲み、なごやかな雰囲気だ。まわりにも食事をする客がいて、中庭は適度なざわめきに満ちている。黄色く柔らかな明かりが、水の入った磨き抜かれたグラスや、テーブルのうえの料理を照らしだす。

しかし私はこわくてたまらない。テーブル(※13)と椅子《いす》の脚は長細くのびており、私たちは地上八階の高さで食事しているのだ。わず

(※12) たぶん箱根宮ノ下の富士屋ホテルだ。

(※13) ダリの絵を思い浮かべられたし。

かな風にも反応し、テーブルと椅子はゆらゆら揺れる。地面ははるかはるか下方にあり、どうやってこの椅子に座ったのかまったく謎《なぞ》である。テーブルと椅子の距離が微妙に離れているのだが、椅子の位置を直すことなどもちろんできそうにない。

ともにテーブルについている友人たちに、思いあまって、「ねえ、すごくこわくない？」と聞くのだが、友人たちは地上八階の高さに身ひとつで腰掛けていることなど意にも介さず、「べつにこわくない」と楽しそうに食事する。

ふと視線を横にやると、ホテルの八階にあるレストランの窓が見える。窓から見えるレストラン内の人々は、ふつうの脚の長さのテーブルと椅子を用い、きわめてまっとうに食事している。

早めに夕飯の予約を入れておくべきだったと後悔するが、もう遅い。

いまここにある危機

01.12

海は死にますか〜。山は死にますか〜。神は死にました〜。で・き・や・し・ね・え！(※14)

冗談事じゃなく危機だ。いま悪魔が現れて、「そなたの願いをなんでもかなえてやろう」と言ったら、「忙しいからどっか行ってくれ」と願うほど危機だ。ものすごく目がかすむので疲れ目が極限に達したのかと思ったら、眼鏡が超絶汚れていただけだった。それぐらい危機だ。

……眼鏡を拭いたのでもう大丈夫だ。

※「防人《さきもり》の詩《うた》」作詞：さだまさし

（※14）もちろん原稿が、だ。錯乱が激しくて、読み返すとたじろぐ日記に仕上がっている。

こんな夢を見た。三

01.13

私は海賊である。

その海域には多くの船が沈んでいるという。そろそろ自船のメンテナンスをせねばならないので、沈没船から使える材料を失敬してこようということになる。

手下の一人とともに、深く深く海に潜っていく。素潜りだが息は苦しくない。海のなかは薄墨を流したように暗く澄んでいる。沈没船は海面近くから海底まで、何隻《せき》も積み重なっている。海底に近づくにつれ、船は外板が解体され骨組みだけの姿になっていく。潮に長年漬かっていると、みんなこうなるのだ。

(※15)「俺たちの船も沈んだらこうなっちゃうんだな」と言うと、手下の男は少しさびしそうにも、「しかたのないことだ」と言いたそうにも見える顔で笑ってみせる。(※16)なかなかイイ男で、ちょっと胸がキュンとする。

海底の砂に足がついた。目の前には見事に竜骨部分を残した船の残骸《ざんがい》がある。飴《あめ》色に鈍く輝く巨大な竜骨だ。「これを俺たちの船の竜骨にしよう」ということになり、つぶさに調査する。竜骨

（※15）申し遅れたが私は男である。そして海のなかでもしゃべれるらしい。

（※16）申し遅れたが私は夢のなかで自分の性別がなんであろうと、男にも女にも恋をする。

からは薄い横板が羽のように何枚も突きでて、船腹のアーチを形作っている。アーチ部分の板には、よく見ると潮の浸食によってできた小さな穴がたくさん空いていて、レース編みのようになっている。

レースは光を通し、海底の砂に複雑で美しい模様の影を落とした。

「見ろよ、きれいだなあ」と私は言い、私たちはしばし無言で足もとを眺めていた。こんなに穴があっては、もう使いものにならないとわかっていたが、それでも自分たちの船に引き揚げられればいいのにと、お互いに考えている。

01.17

なるほど

水の夢は欲求不満の表れである、ということを教えていただく。

なるほど。

たしかに私は、満たされない状態にあると言えなくもない。微妙に奥歯になんかが挟まったような物言いだが、つまりわりといつも欲求不満だと言っている！（※17）

水の夢を見る頻度は、たぶん中学生男子と等しいぐらいであろうと推測する。

（※17）開き直った。

自分にプロポーズ　01.19

なんだか寝た気がしない。寝てないから当たり前だ。

それなのに、朝からオリジン弁当の豚丼《ぶたどん》（正式名称を知らぬ）を食べてしまった。胃袋ばかり元気だ。私は朝から焼き肉でもけっこう大丈夫派だ。

もういいかげん、自炊をしたい。オリジン弁当、コンビニ弁当、スーパーの総菜、ピザーラ、カップラーメン、という悪夢のスパイラルから脱出したい。いや、おいしいですよ？　おいしいけれどさすがに、スパイラルは勘弁してほしいのだ。手料理に餓《う》えている。

「彼女の作る肉じゃがにほだされて……」とか言う男を「けっ」と思ってたのだが、だんだんその気持ちもわかるようになってきた。いまなら私、自分で作るまずい手料理にほだされそうだもん。

大掃除

01.27

早朝から掃除に着手したのに、未《いま》だに終わらない。まとめたペットボトルや紙ゴミの置き場に困り、とりあえず火宅の外廊下に出してみた。ゴミ屋敷がどうやって生成されるのかがわかった。

そっかー、措置に窮したゴミをとりあえず屋外に出していくと、いつのまにか屋敷になるわけかー。

……。

あたしがこの世で一番ぐらいに腹立たしいのは、押入のつっぱり棒がはずれること！

本宅

01.29

「話したいことがある」と母に言われ、電話じゃダメなのかよと思いつつ、昨日本宅へ行った。
鍋《なべ》に鮭《さけ》のブッ切りを投入していた母は、私の姿を見るなり、「今週の『魂《たま》ラジ』がすごくよかったのよ！」とものすごい勢いで語りだした。「魂ラジ」ってのは、福山雅治のラジオ番組で、母は毎週聞いているらしい。たじろぐ私におかまいなしで、どこがどうよかったのかを述べたてる母（それはつまり、福山雅治のどこがどういいかを語るにほかならない）。なんなんですか。なんなんですか。話したいことってそれなんですか。[※18]
福山雅治が三十八歳になること、彼のライブに母は行きたくて

（※18）元旦の脚注参照。これがずばり、母お得意の「理不尽な用件」の一例だ！

たまらないということ、結婚はしないのかしら彼って年上の女をどう思ってるのかしらとほとんど一日中考えてるらしいということ、がわかった。なんで夢見がちな女子中学生みたいになってるの？　二人も子どもを生んどいて（しかも四半世紀以上もまえに）。

お母さん、そろそろ鍋が食べごろみたいなんですが、いつ火から下ろすんですか？

以前から母のましゃ好きは尋常じゃないと思っていたが、昨日ほどそれを実感したことはなかった。もうファンクラブに入っちゃえよ。ライブ行けよ。誕生日に写真集を買ってあげようかと聞いたときに、なんで断ったんだよ素直になれよ。

恋に狂う母をしりめに、父は「糖尿だけどちょっとなら飲んでも大丈夫だ」と、だれにともつかぬ言い訳を口にして酒瓶をぶらさげていた。浮気ってどこからが浮気なんだろう。母の脳内は確実に、「福山雅治∨∨∨∨∨∨（途中大幅に省略）∨∨夫∨ゴキブリ」ぐらいだと思うんだが。

☆みなさまご存じのとおり、ましゃはその後、結婚なさったわけだが、そのときの母の反応は、「むぐぐ」という表情を必死にこらえ、「いぃぉ嬢さんと結婚して、お母さん安心したわ」とおしとやかに述べる、というものだった。貴殿はましゃのお母さんじゃないだろ！　なに勝手に立ち位置スライドさせてんだ、素直になれよ！　と思った。

こんな夢を見た。四

01.30

飛行機に乗って海外へ行かねばならない。

ゴロゴロと荷物を引きずり、私は異様に緊張して町を歩いている。曇り空の港町（たぶん横浜）だ。運河とも海ともつかぬ茶色い水が、波止場のコンクリートを濡《ぬ》らす。

私の緊張の理由は、もちろん第一に、これから飛行機に乗るからなのだが、しかし飛行機に乗ってどこへ行きなにをするのかがまったく不明だからでもあるようだ。なんとなく、行き先は戦場で、だれかを殺したりだれかに殺されたりしなければならないのではないか、という気がする。それで私は、恐怖と緊張のうちに歩いている。

あまりにも乗り気がしなかったためか、ひどい眠気に襲われる。搭乗するまえにホテルでひと眠りしようと思い、ツインの部屋にチェックインする（たぶん横浜のインターコンチネンタルだ）。眼鏡をはずして枕元《まくらもと》に置き、布団《ふとん》にもぐりこむとすぐに夢を見た。

バ○チクの夢だ（詳細は省くが、インタビュー映像とライブ映像から成る貴重なものであった）。彼らの姿を夢で見ながら、「あ、もうライブにも行けないなんて」と、こみあげるものがある。

目が覚めると涙で枕が濡れている。空港に行かねばならぬ時間だ。あわてて起きあがり、眼鏡を鞄《かばん》に入れる。入れるときに、「眼鏡ってよく遺品になるんだよな……」とふと思い、縁起でもないと打ち消す。

部屋から出ようとして、歯ブラシやタオルなどが載った籠《かご》に、畳んだ紙幣らしきものが入っていることに気づく。同時に頭のなかでだれかが、「チップ用のお札だよ」と解説してくれる。「コップに立てておくの。このホテルではチップを使いまわしてるみたいだね」。チップ用の札をホテル側が用意しておき、客がコップに立て、客室係がその札を再び籠に戻す。まことに解《げ》せぬシステムだ。それじゃチップの意味がないじゃないかと馬鹿《ばか》らしく思い、札をコップには立てずに部屋をあとにする。

エレベーターのドアが開く。ほぼ満員だ。乗っているのは、そ

（※19）むろん、脳内捏造映像だ。

う親しいわけでもなかったかつての同級生がほとんどだ。空けてくれたスペースに私も乗りこむ。みんな旅行用の鞄を持っていて、「どこに行くんだろうね」と少し不安げに小声で話している。戦場だよ、と私は思うが黙っている。

エレベーターは静かにフロントへ降りていく。

空気　02.02

思い立って、放置したままだった自転車のタイヤの空気入れに挑んでみる。

英国式とか仏国式とか、庭園かいな。わからんよ。庭園のこともわからんが。

説明書きの図と見比べ、試行錯誤すること三十分。なるほど、英国式だと判明。つまりママチャリのタイヤ方式ってことじゃないか。そうならそうと言ってくれればいいものを。ママチャリでもおフランスなものもあるのかもしれないけどさ。

空気を入れる部分の突起が小さくて、いくら図解されたって現物が見えやしない。私は軽度の近視と乱視のうえに最近老眼が入ってきたため、ものは総じて見えん！

そのうえ手首が固いので、無数の棒の隙間《すきま》から空気入れの洗濯ばさみみたいなものを差し入れるだけで一苦労だ。シュコシュコ。

以前はでっかい空気入れだったのに、二十年のあいだにずいぶん小型軽量化されたのだなあ。シュコシュコ。

寒くて中断していた自転車乗りを、なぜいま再開しようとしてるかというと、風を感じなきゃダメだからだ。もう〆切デッドラインだ。風を感じることによって、詰まった展開が打破されることを祈る！　他力本願。

危険

02.03

岸本佐知子さんの『ねにもつタイプ』（筑摩書房）を読む。電車のなかで読む。危険だ。「ぐっふっふっふ」と笑っていて、気づくと周囲の座席ががら空きになっていた。

アイヤ待たれい！　俺を危険人物扱いするのは、この本を読んでからにしてくれたまえ、「ぐっふっふ」で終わらず、電車内にもかかわらず「ぶふぁはは（ハッしまった電車内、ちょっと抑制が働いて）ニヤァ」となった。「変質者が読む本なのねえ」と思われていないことを願う。

このエッセイを読むと、「記憶力」について考えざるをえない。これまで記憶力にすぐれていると感じたのは、中勘助とくらもちふさこなのだが、両者はフツーのひとが忘れてしまってる幼少～青春期のこまごましたことを質感ありありと記憶しているという点で共通している。しかし、その記憶力の発露のしかたが微妙にちがう。

岸本氏の記憶力のありようは、どちらかというと中勘助寄りな気がする。

では、中勘助とくらもちふさこの記憶力の発露のしかたの微妙なちがいはなにかというと、そこがきわめて微妙で言語化しにくいのだが……。時間経過のとらえかたのちがいじゃないかと個人的には思う。

つまり、くらもちふさこの記憶鮮明ぶりは、大海のなかに「十四歳」「十六歳」「十八歳」などの小島があり、そこへ一足飛びにいつでも渡れるのに対し、岸本氏や中勘助の記憶鮮明ぶりは、どでかい大陸のなかに過去も現在も規則性なく点在しており、地続きな感があるのだ。現在の自分が大平原のパオのなかで羊肉をむさぼり食い、「ふう」と外に出て腹ごなしにちょっと歩いていたら、突如として過去の記憶の飛び地に足を踏み入れている感じ。

どっちがスリリングかといえば、当然後者なのである（当然、どっちも好きだが）。くらもちふさこの漫画を読んで、「夢のなかをさまようようだ」と思うひとはあまりいまい。しかし、中勘助の小説や岸本氏のエッセイを読んでいると、悪夢をさまようような酩酊《めいてい》感が確実にある。

ひとの記憶のありようを知ることは、時間感覚のちがいを知ることなのだと、電車内で遠巻きにされつつ考えた。

賞味期限

02.05

大事に冷凍しておいたローストビーフの賞味期限が、半年以上まえに切れていた。大事にしすぎた。

台所から買い置きの食べ物が姿を消したので、じっくりと解凍を試みる。空腹時に肉のかたまりをじっくり解凍するのは、精神によくない。五分おきぐらいに台所に立って、肉をつついてみる。全然だめだ。パッケージごと湯に投じることにした。

それでさきほどようやく食事にありつけたのだが、賞味期限が半年以上まえに切れたローストビーフは余裕で食べられることが判明した。大丈夫大丈夫。うまうま、もぐもぐ。

仕事のピンチは速度と深度を増している。

だんだんネガティブなことを考えだす。爪《つめ》切りで爪の付け根までちょっとずつ深爪していったらものすごく痛いだろうなとか、髪の毛を一本一本（残虐《ざんぎゃく》すぎるので略）とか、唇の皮を毎日（残酷すぎるので略）というのもすごそうだとか、そういうことだ。

なぜネガティブな気持ちになると、拷問《ごうもん》の手法じみたことを次々に思いついてしまうのか。謎だ。その手法を想像のなかで、憎い相手に試みているかといえば、そうでもない。勇気がなくて、想像のなかでも他人に対してはなかなか試みられるもんではない。しかし、想像のなかで自分に試みるにしたってかなり痛そうなので、思いついた瞬間に「うわー、だめだめだめ！」と光速で打ち消す。

山岸涼子の漫画で、「想像しただけで死んでしまう（想像上の痛みや恐怖のために）」というのがあったが、なんだかわかる気もする。想像で妊娠することがあるなら、想像で死ぬことだってあるだろう。ゆえに、思いついた拷問方法は即座に脳裏から抹消せねばならないのだ。

思いついては抹消する作業がなんとなく楽しくなってきて、どんどん限界に挑戦してしまう。だから仕事はピンチのままだ。あんぎゃー。

あいつら　02.07

ついに来た。あいつらが本格的にやって来た。さっきからの一時間で確実に百回以上くしゃみをしている。

やがて来る粒とはかねてききしかど　きのうけふとは思はざりしを！

仕事の鬼

02.07

日記になにも書くことがない。ほとんど仕事しかしてないのでしょうがない。私は仕事の鬼だ。仕事の鬼といえば大都芸能の速水真澄だ。（※20）ということは私は速水真澄なのか。

私は速水真澄だ。

速水真澄が最近楽しかったことはといえば、先週の金曜に落語を聞きにいったことだ。速水真澄はその落語会をあまりにも楽しみにするあまり、午後に本屋に行って漫画を買ってきてしまったほどだ。さすがの速水真澄も仕事に集中しきれなかったらしい。

速水真澄は、「水城くん、（※21）あとは頼んだよ」と言って、夕方に足取り軽く社を出た。落語会のめくるめく二時間は、冷血漢、朴念仁とのしられる速水真澄の言語中枢《ちゅうすう》ではとても表現しきれるものではない。

終演後、Ｆさん、頼もしき落語の先達であるＯさん、暗黒むーみんさんとともに、速水真澄はおでんをぱくついた。

（※20）『ガラスの仮面』の登場人物。大都芸能の敏腕社長。主人公の北島マヤに深く激しい恋心を抱いている。しばしば白目になって、苦しい胸の内を独白する。

（※21）真澄さま付きの敏腕秘書。

ところで速水真澄は幼いころ、ご飯のおかずなおでんに納得がいかなかった。おでんってちょっと甘みがあるじゃないか。速水真澄は甘いものと酸《す》っぱいものと甘辛いものをご飯のおかずにすることをあまり好まない。食べ物の好き嫌いがまったくないよい子な速水真澄だが、あえて言うなら酢豚は進んでは食さない。

しかし速水真澄は酒をたしなむようになってから、おでんのうまさを知った。これは飯と一緒に食うものでは断じてない、と速水真澄は思う。速水真澄は同様に、魚の煮付けもつくだ煮類もご飯のおかずにはしない。世の中には酒の肴《さかな》があふれていて、実によいことであると速水真澄は感に堪えぬ。

速水真澄は甘いものを自分で買うことはほとんどないが、あればあるだけ飯時以外に食べる。水城くーん、すまんがお茶いれてくれ。

満腹になって深夜に帰宅した速水真澄は、その日に得た新たな刺激を糧《かて》に、やりかけの仕事についてぐるぐる考えをめぐらせたのだった。大都芸能は眠らない。

たまにはチビちゃん(※22)に会いたいものだな、と速水真澄は思ったが、よく考えるとこの速水真澄にはチビちゃんはいないのだった。紫のバラ(※23)は宛先《あてさき》不明で立ち枯れた。

(※22) 真澄さまは北島マヤのことを「チビちゃん」と呼ぶのである。
(※23) 真澄さまの繰りだす必殺技。

寝具

02.09

昨日から新品の寝具を使っている。ピンクの枕カバーと布団袋☆(と言うのか?)とシーツだ。シーツと枕カバーには音符とウサギの顔がちりばめられており、布団袋には特大のウサギイラスト(全身像)がプリントされている。大変かわいい。

しかし、この寝具に包まれて眠ろうとすると、なんだかものすごい哀《かな》しみに襲われる。

対象年齢が幼稚園~小学生って感じの色と柄だからだろうか。そんなかわいい寝具に包まれている自分がちっともかわいくない

☆文庫の校閲さんから、『掛け布団カバー』ではありませんか?」と指摘をいただいた。そう、それ! ……なんで「布団カバー」という単語が思い浮かばなかったんだ、当時の自分。大丈夫なのか。

からだろうか。せっかく新品の寝具にしても、あいかわらずベッドには本が山積みのままだからだろうか。

たぶん、哀しみの原因はそれら全部だ。

かわいいもの、幸せそうなものに包まれると、私は哀しくなる。おいしいものや美しいものと接したときも同様だ。

幸せだと感じた瞬間に不幸になることを思い、不幸なときにはとことん不幸について考える。根がネガ。シャレかよ、やめろよ。

しかし私は性懲《しょうこ》りもなく、かわいいもの、おいしいもの、美しいもの、幸せおよびウサギを愛さずにはいられないのだ。

しかし火宅に来たひとはみな、「……男気にあふれた部屋だね」と言うのだ。

部屋に装飾的要素がなにもなく、段ボール箱が収納がわりテレビ台がわり食卓がわりになってるからだろう。私の愛するかわいさや美しさは主に心の奥に飾ってあるのだと思ってもらいたい。(※24)

ウサギの寝具に慣れる日は来るのであろうか。

（※24）脚注3を補足すると、本当は部屋にテレビはあるのだ！　映らないだけで！

こんな夢を見たそうだ。

02.10

火宅に泊まった友人の一人が、今朝起きだしてきて言うには、こんな夢を見たそうだ。

火宅の台所で、私が猛然とフライパンを振るって料理にいそしんでいる。友人は便器に座って用を足しながら、それを見ている。

しかし困ったことに、なぜか便器がトイレのドアの外に出ているのだ。つまり、私は台所のコンロのまえに立っており、便器に座った友人は台所の隅っこにいるのである。

それだけでも居たたまれぬ図だが、さらに困ったことに、友人は放屁《ほうひ》の欲求が耐えがたくなり、ついに連続して発してしまう。私が振るうフライパンからは、ジャッジャッと威勢よく油が跳ねる音がするので、なんとか紛れてほしいと念じるも、どう考えても誤魔化しようのない事態であると結論づけるほかない。

友人は恥ずかしく、「どうしてこの家の便器はこんなところにあるんだ」とちょっと憤《いきどお》りつつも、「ごめんね」と言う。

あいかわらず料理に集中する私は、「いいよいいよ、おならぐらいいくらでもして」と答えたということだ。

まあ、おならぐらいいくらでもしていいと、友人の夢の話を聞いた私も思った。

恋の季節

02.10

たったいま、窓の外で猫がまぐわいはじめた。

いつも思うんだが、どうして動物の交尾ってのは、最初は戦いじみているのだろう。フギャー！　シャー！　とひとしきりあって、二匹が茂みのなかにもつれこむ気配がした。暫時《ざんじ》ののち、仲良くなった声が聞こえてきたのだが、それがどう聞いても「うーい、うーい」と言っている。

うーい、うーい、うー……。

終わった模様である。人間の赤ん坊のような声を上げて、ぎょっとさせる猫が多いなか、今回の猫たちは画期的な発声であった。酔っぱらったおっさん二人のまぐわいじゃあるまいし、「うーい、うーい」はないだろう。猫にもいろんな個性があるものだ。

こんな夢を見た。五

02.12

木星へ行く宇宙船に乗っている。親しい友人もそばにいるが、会話はない。だれもが不安と、初めて目にする宇宙の光景とで心をいっぱいにしている。

宇宙は美しい。文章では再現不能なほど美しい。真っ黒な空間にちりばめられた星々の無数のきらめき。

土星(※25)が窓の外をよぎっていく。

土星の輪が、青色のネオン管だとだれも教えてくれなかった。この目で見るまで、それが浮遊する岩石であると、与えられた知識のままに信じこんでいた。

(※25) 土星よりも木星のほうが地球寄りにあるはずだろ、というツッコミは不可だ。

土星の輪は本当は青色のネオン管なのである。しかも、土星内部の中心点から正円や楕円《だえん》を描いて、何本もの細いネオン管が縦横無尽に土星を取り囲んでいるのである。

ネオン管に飾られた土星は、宇宙空間で無機質にきらきら輝く。

やがて木星が見えてきた。私は少数の人々とともに、木星の大地に降り立つ。降りるまえに、酸素マスクを手渡される。マスクといっても、なぜか防護服のように全身を覆《おお》う白い衣装で、鼻の部分に小さな装置がついている。鼻頭の毛穴の皮脂を取る小型パックがあるが、そんなものだと思えばよい。

しずしずと木星を歩く。とても息苦しい。鼻部の装置がうまく働いていないらしい。取りたいと思うが、取ったら本当に窒息してしまうのはわかっているから、我慢する。息苦しさはどんどん募る。

耐えきれずに目が覚め、部屋のカーテンを開くと窓の外は一面の雪景色だった。真っ白い野原がつづいている。

いま夢で見た木星の景色そのままだなと思った瞬間、本当に目が覚めた。

部屋は明るく、表は雪の気配もなくあたたかいようだった。雪が降っていないという事実にしばらく順応できず、布団のなかでぼんやりする。

引っ越し　02.19

気づいたら隣の住人が引っ越していた。

そうか、何日かまえの昼ごろ轟《とどろ》いた、百匹の猫がいっせいに壁で爪研ぎするかのごとき爆音は、引っ越しに際しての物音だったのか。郵便受けに貼られたガムテープを見て、ようやく得心がいく。

隣人(※26)はある団体活動をしている人々で、隣室は事務所として利用されていたため、夜は無人であった。だから私はこれまで、夜間にのびのびと笑ったり叫んだりしながら仕事に励めたのだ。新

(※26) 政治でも宗教でもない。会社のようなものだろう。

しく入居するのが、夜泣きの激しい赤ん坊ならまだしも、ピューリタンのごとき生活を営み夜八時に就寝するようなまっとうな家族でないことを切に願う。

思えばこの三年、私は常に団体活動をする隣人とともにあった。彼らの諍《いさか》いも、昼食時の談笑も、壁ごしにつぶさに聞いてきた。「社長には末端のことがまるでわかってないんですよ！」と（たぶん電話に向かって）怒鳴っている声がしたときは、「よもや解散か」とひとごとながらヤキモキしたものである。そんな荒波を乗り越え、彼らがどこへ船出したかはわからぬが、旅の幸運を祈る。

それにしても、なんで引っ越しちゃったのかなあ。まさか私が（部屋に一人でいるのに）うるさかったから？　あわあわ、ぶるぶる。

ハ○

02.20

漫画を読んでいて突然、ハ○について考える。べつに○ゲに関係する漫画を読んでいたわけじゃない。脈絡もなく、ハ○とはいったいなんなのか、という思考が頭のなかをまわりはじめたのである。

たとえば、結婚してから旦那《だんな》がハ○はじめたとする。ええい、伏せ字が面倒くさいな。その場合、奥さんは旦那がハゲたことに対して、なんらかの裏切りであると感じるかもしれない。感じたとする。

奥さんがハゲを裏切りであると感じた根拠はなんだろうか。そこに、ハゲという事象がはらむ哀しみの根源があるのではないか。そんなようなことを考えたのだ。

ハゲた旦那に対して「裏切りである」と感じるとしても、それは「外見が変化したから裏切りだ」ということではないと私は思う。外見なんて、年を取れば変わる。ハゲは加齢とともに否応《いやおう》なしに訪れるどうしようもない変化だ。そんなことにこだわって、「裏切りだ」「いや、裏切りではない」などと夫婦喧嘩《げんか》するのはバカげたことだ。

しかし私の旦那(※27)がハゲたら、綺麗事《きれいごと》は脇に置いといて、私はやっぱり、ちょびっと裏切られたと感じる。なぜなら、私が愛した男の頭髪がなんにもなくなってしまったからだ。私が撫《な》でくりまわし、指を絡《から》め、愛した髪が無になるのだ。それはいくばくかの寂寥《せきりょう》と、「あんなに愛したものをなくしてしまって」という裏切られ感を私に与えるだろう。

どうして抜け毛対策を講じなかったのよ。私がどんな思いで、どんなに大切に、あなたの髪を撫でたと思ってるの。そういうところに無頓着《むとんちゃく》だから、あなたは簞笥《たんす》やドアの開け閉めの音もうるさいんだと思う。そんなふうに残酷に旦那を責める言葉を、グッと飲みこみながらも、ぬぐいがたきやるせない思いがすることであろう。

ただ開いているだけになった漫画のページを眺めながら、私は

(※27) 旦那はいないが、ここではいると仮定して論を進める。

思う。

しかし、だ。髪がなくなったら、頭皮を愛せばいいではないか。(※28)今度は、むきだしになった頭皮を撫でくりまわし、指でこすり、思う存分愛せばいいではないか。

そうだそうだ。ハゲたからって、どうということはない。

結論として、ハゲという事象は、ハゲた当人を愛するものにとって、ある種の裏切られ感を与えるものではある。しかし、それは永続する裏切られ感ではない。即座に恢復《かいふく》できる裏切りだ。

というわけで、私にとっては、ハゲはまったく些細《ささい》なことである。私は頭髪も愛するが、それがなければ頭皮を愛するにやぶさかではない。もっと言えば、愛するひとさえ生きてそばにいてくれるのならば、そのひとの頭髪があろうとなかろうと、そんなのはちっぽけなことだ。

うん。

ハゲ問題を脳内で自分なりに解決し、満足のうちに、再び漫画を読むことに意識を集中させたのだった。


(※28) マリー・アントワネット戦法。パンがなければ菓子を食う。髪がなければ皮を愛でる。

なんだったんだ。なんで唐突にハゲについて考えてみたくなったんだ自分。謎だ。

胃の具合

03.05

ここ数日、飯を食うと胃が痛くなり、「私は病気なのではあるまいか」と思っていたのだが、どうやらそうではなく、ただ単に食べ過ぎだったようだ。

どうやったら食べ過ぎずに、食材を使い切ることができるのだろうか。ここ一週間ほど、大根ばっかり食べている。半分に切ってある大根を買い、煮物にサラダにみそ汁の具にと大活躍させた[※29]のに、まだ残っている。ちなみに大根は八十八円だった。一週間で使った食費が八十八円！

（※29）いや、さすがに大根だけじゃなく、買い置きしてあった食材も食べたが。

図書館の男

03.07

鼻がかゆくて深夜二時半に目が覚め、それ以降眠れない。鼻水はたらーりと垂れっぱなしだ。

昨日、一昨日と事務作業に明け暮れていたのだが、ようやく一段落した。それとともに胃痛も少し収まった。よっぽどストレスだったんだな。

「食べ過ぎ」という事実から巧妙に目をそらしてみた。

昨日の午後は図書館に行き、資料を探した。調べはじめのときは図書館で基本資料を借り、そこから探索の手を広げて必要なものを購入していくパターンが多いのだが、これは効率がいいのか悪いのか。自分の需要にドンピシャリな資料って、やはりそんなに滅多にあるものじゃなく、図書館で借りた本をたとえば十冊読み終わるころには、なにを調べてたんだかたいがい忘れている。まあ楽しいからよしとしよう。

平日の昼間だというのに、図書館は老若男女《ろうにゃくなんにょ》であふれていた。

私もその一人ではあるが、この町は大丈夫なのか。

館内の一隅に、畳の敷かれたスペースがある。そこの座卓に向かって、若い男性が猛然とバイク雑誌を切り抜いてスクラップ帳に貼りつけていた。「えっ？」と思ったが、どうやら持参した雑誌らしい。しかもよく見ると、これまた持参したらしいコーヒーの小型ポットが、ひっそりと座卓に載っている。

……住んでいる？

もちろん図書館での飲食は厳禁であるだろうが、住んでるならしかたがない。

こんな夢を見た。六

03.07

押入に鳥籠を入れて飼っていた文鳥のピヨちゃんに、餌《えさ》をやるのを忘れていた！　もう一週間も放っておいてしまった！

冷や汗をかいて飛び起き、隣室の押入に駆けていこうとするも、

「いやだな」と思う。一週間も餌を食べさせてもらってなかったのだから、ピヨちゃんは確実に死んでいるだろう。もしかすると、死体はもう腐っているかもしれない。それを片付けなければならないのだ。私の怠慢から死なせてしまった、腐った文鳥。見たくない。

夢ではないか、と思う。押入に鳥籠を入れて文鳥を飼うなんて、現実の私がしそうにもないことだ。そうだ、夢だ。そういえば一週間ほどまえに、押入に鳥籠を入れて文鳥を飼う夢を見た。夢のなかで文鳥を飼っていたことを忘れ、夢のなかで夢のつづきを見たようだ。

夢だよ、夢。よかった。

姑息《こそく》に自分に言いきかせたところで目が覚めた。

一週間ほどまえに押入に鳥籠を入れて文鳥を飼う夢など見なかった。卑怯《ひきょう》な感情の手触りだけ残った。

押入の戸は開けていない。

ピヨちゃんはまだ鳥籠のなかで腐っている。

ボタン穴

03.09

昨日の昼に、Studio Lifeの公演「Daisy Pulls It Off」を観《み》た。役者さんが全員男性で、女性の役もすべて男性が演じる、という劇団だ。

最初はどうしても、「うーん、男性が演じてるよな」という違和感があったのだが、物語が進むにつれ、不思議なことに役者の性別なんて忘れた。舞台上の女の子たち（くどいようだが男性が演じている）すべてに大共感。ハラハラしたり、ジレジレしたり、ウルウルしたりと、我が胸中は大変なことになった。これぞ演劇マジック。演出と役者さんたちの力量に脱帽したのだった。

なにかこう、自明のことのようにとらえられている「性別」とは、実はあらゆる意味とレベルで、とても揺らいでいるものなんだなあと再認識した。性器の形なんて、顔と同じぐらい多様だしな（残念ながら（？）たくさんの性器を比較研究したわけではないんだが）。

男性が演じる女性を、違和感なく女性だと感じ取れる瞬間というのは、一種の快楽である。Studio Lifeは、歌舞伎《かぶき》や宝塚とも違うありかたで、その瞬間を見せてくれる。

ところで、ひさしぶりに外出するにあたり、ちょっとオシャレした。花粉症のため、顔じゅうの皮膚が乾燥し、特に鼻頭の周辺はガビガビだったが、新しいワンピースをおろしてみた。二千円で買ったワンピースだ（オシャレ……？）。まあいい。値段は問題じゃない。俺様が着れば、二千円のワンピースもブランド物に見える。五百円のワンピースを着てたときも、「ミ〇ミ〇ですか？」と聞かれたぐらいだ。それは社交辞令だ。そしていい年して五百円のワンピースを買うな。

とにかく、二千円のワンピースをおろしたのだが、袖口《そでぐち》のボタンがボタンホールにはまらない。明らかに、ボタンホールよりボタンのほうがでかい。火宅で身繕いする過程で、二分ほど動きが止まってしまった。

地球の物理法則として、ありえんだろう！　ボタンホールよりでかいボタンはボタンホールにはまらないだろう！

さすが二千円のワンピースだ。常識を軽々と凌駕《りょうが》したつくりだ。ハサミで切れ目を入れてボタンホールを拡大し、なんとかことなきを得た。しかし切れ目を入れた部分から、陰毛のごとき黒い糸がチロチロとのびてくる。

さすが二千円のワンピースだ。こういうスリルを、私はきらいではない。

長っ尻《ちり》

03.11

昨日は近所の喫茶店に三時間半も居座り、すっかり迷惑な客になった。

いやあ、『風の影』（カルロス・ルイス・サフォン／木村裕美訳・集英社文庫）がいよいよ佳境を迎え、途中で読書を中断することは到底不可能だったのだ。

喫茶店のマスター(※30)は、なまあたたかい目で私の存在を許してくれているようであった。私は知っている。ここのマスターは、いつも海外翻訳ミステリーを読んでいる。きっと『風の影』も既読だったのだろう。「ま、これは読みやめられないよな」とわかってくれたのだろう。『風の影』は、本好きの共感と連帯感を高めるような内容なのである。

個人的には、「男性作家が書く女性キャラ、女性作家が書く男性キャラは、だいたいにおいてドリームである」という持論(?)を確認できて、そこも楽しかった。自分にとっての異性を書くのは、難しいのだな。自分が書いてるものに関しては、その点はいつも赤面というか反省というか課題だが、しかし逆に、そういうドリームがなきゃこの世は闇だろ、とも思う。そのドリームは、とても心を広くして解釈すると、他者に対して抱く希望の光や期待にほかならないと思うからだ。

もちろん、ドリームの発露のしかたに好感を持てるか否《いな》かというのはあって(そこは個人的好みの問題だが)、『風の影』の女性

(※30) マスターは二回に一回は「ワッフル無料券」をくれる。しかも、五枚ずつぐらいくれる。有効期限は明記されていない。私はもう、一生ワッフルを無料で食えるぐらい券をもらったのだが、そこまでされると反対に、券を使うことをためらう気持ちになってくる(ワッフルのせいで店の経営が傾いたらどうしよう、という不安)。マスターの戦略か?

キャラの書きかた、ドリームぶりは、私は大変胸キュンで好きであった。

私がこの話のなかで一番好きなキャラクターは、フェルミン（元ホームレスの男性。巨大な耳と鼻を持ち、一族の女性はみんなヒゲが生えている）だ。次点でミケル、三番目はダニエルの父ちゃんだな。ミケルと結婚して暗く緊迫感ある生活を送り、フェルミンと楽しくアバンチュールし、ダニエルの父ちゃんと縁側で茶でも飲んで心休めることにしよう。

フメロ（敵役）の内面がよくわからん、と友人が言っていたのだが、私はこれでいいんじゃないかと思う。フメロの内面はだれにも、もしかしたらフメロ自身にもよくわからないのではないか。そう書かれていると私は思うが、いかがかね、友よ。

ドリームキャラ問題

03.11

「男性作家が書く女性キャラ、女性作家が書く男性キャラは、だいたいにおいてドリームである」

と書いたが、MAさんから、

「『オキャマ作家が書く女性キャラ』は例外ではないか」

という大変有意義なご指摘をいただいた。おおー、たしかに！たとえば○○氏（生物学的には男性）の書く女性キャラは、ドリームなんて一片たりともないものな。

MAさんとのあいだで、この件に関するメールが飛び交う。繊細にして微妙な問題だ。「ヘテロの男性作家、ヘテロの女性作家」とするべきだったかとも思うが、まず「ヘテロ」ってのが非常に曖昧《あいまい》にして揺らぎのある定義だとも言える。生物学的な性別だって、はっきり男と女に分けられるもんでもないだろうし、精神的な性別だってそうだ。

もっと言えば、「私は二次元の人物にしか恋をしない」、「それを言うなら、私は人間より犬のほうが好きだ」、「むしろ無機物に萌《も》えだ」というひともいるだろう。

ＭＡさんからのメールを引用させていただくと、

「たぶん、世の中の異性愛規範はヒジョーに強力に、個々人に内面化されているので、三次元の異性とは恋をした経験も予定もない人であっても、明確に、『異性を性愛という私生活で絶対に必要としない（あるいは、「結婚という社会生活において」も含めて）』という自覚がない限りは、異性キャラクターを描くにあたってはドリームが入るのじゃないかなあと思うのですが、どうでしょうか」

ということなのだが、これは非常に納得がいく。自分のなかの異性愛規範の根深さに無自覚なまま恋愛小説を書くことは、私にとってはほとんど罪悪だ。しかしそう考えていても、異性キャラクターを書くにあたってはドリームが入ってしまうのである。どこまで根を張ってやがるんだ、くそー。

「男性作家が書く女性キャラ、女性作家が書く男性キャラは、だいたいにおいてドリームである」は、より正確を期するならば、「恋したりつがったりするなら相手は異性だろうという前提のもとに生きている男性作家（または女性作家）が書く異性キャラは、だいたいにおいてドリームである」とするのがよかろう、という結論に至った。ＭＡさん、ありがとうございます！

しかし、恋したりつがったりする対象と見なしていなくても、ドリーム的キャラになってしまう場合もある。老人とか子どもとか犬とか。これは単に、リサーチ＆想像力不足だ。

私の考えるドリームキャラ成立の要因をまとめてみよう。

一、異性愛規範から逃れられぬ人間から生まれた異性キャラ。（むぐぐ）

二、リサーチ＆想像力不足。（むぐぐぐ）

三、対象となるひとやものにまったく興味がない。（せめてこうはならないよう気をつけたい）

かといって、ドリームを完全に排除した（そんなことは不可能だが）キャラばっかり登場する小説が、読むひとにときめきや憤りなどのなんらかの感情を生じさせうるのかというと、そうでもなさそうなところが、また難しい。

今日は一日、この問題をあれこれ考えた。

騒音ニモ負ケズ　03.12

隣室(※31)の入居作業がはじまった。

内装業者が、朝方に就寝した私のすぐ横の壁をガンガン叩《たた》く。昨日、丁寧にも「これからしばらく音が出ると思いますので」と業者のおじさんが通告に来てくれたし、朝に寝てるほうが悪いのだから、べつに騒音はかまわない。かまうのは、「うむ、これはさすがに眠れないぜ」とベッドのなかで感じた私が、たぶん次の瞬間にはグースカ寝ていたらしい、ということだ。

耳元でベッドが揺れるほどの音が立っているのに！　どんだけ野太い神経なんだ。


(※31) 隣室にはその後、学習塾が引っ越してきた。どう考えても住居用の間取りなので、狭いのではないかなあと思うのだが、先生の熱心な講義の声が壁ごしに聞こえてくる。

夢を見た。夢のなかでピアノのまえに座り、楽譜(※32)を開いた。ところがこの楽譜が、すんごく複雑なのだ。もう到底、初見で弾けるもんじゃないと思った私は、「たぶんこんな感じだろ」と「なんちゃって弾き」を開始した。

その音楽がまた、すばらしく迫力があって美しいのだ。たとえるなら、「のだめちゃんが弾くリストの『ラ・カンパネラ』」風？

こういう夢のなかの音楽って、どこから流れてくるのかなあ。起きたら当然、再生不能。そして当然、私は(※33)『ラ・カンパネラ』を弾けません。

とにかく、すごく気持ちよく弾いたところで目が覚めた。

夢のなかの音楽がどこから流れてくるのか、明白だ。騒音を麗《うるわ》しい音楽に変えてみせる己れの猛々《たけだけ》しき睡眠欲にシャッポを脱いだ。

(※32) かつてはピアノが弾けた。正直に言うと十五年ぐらい習っていた。全然モノにはならなかったが、楽しく稽古していた。

(※33) 十五年もやってたのに！

邂《かい》逅《こう》

03.15

さきほど、弟と偶然、地元の町で行き合った。うれしくなって、「おっすめっすきーっく！」と走り寄ったら無視された。

あたしが変態みたいじゃないか!!!

渋谷の雑踏で偶然行き合うよりは、一万倍ぐらい希少価値のない行き合いであったとは思うが、それでも偶然にはちがいないのに。

感動のない人生なんて損だぜ？　ちぇ。

戦い抜きました！

03.15

ようやく、ようやく、確定申告を終えた！　ギリギリ！

今回は申告の達人の手を借りたので、例年よりは格段にラクチンであったが、それでも苦役を為《な》し遂げた充実感がある。

達人は、「なぜ切羽詰まるまで、収入や経費の計算をせずにいるんですか。毎日とは言わないまでも、毎月少しずつやっておけばいいだけのことなのに！」と、山盛りの書類をまえに嘆いたが、それができるひとのほうが少数派だと思う。

「あのう、小さいころから、数字の羅列が好きでしたか？　お小遣い帳をつけたりとか」

と聞いてみたところ、

「そういえば、つけてましたね」

とのこと。やっぱり！　数字に愛されたひとっているのだな。ここは遠慮なく、山盛りの書類を達人に任せようと思ったのだった。適材適所。

申告用紙提出所から出てくる人々は、みな晴れやかな表情だ。二週間ぶりに配給のパン券を手に入れることができたような。三年ぶりにシャバの空気を吸ったような。そんな表情だ。

提出所は相談所も兼ねているのだが、提出最終日の今日になってようやく用紙をもらいにきた猛者《もさ》（中年夫婦）がいた。まにあうことを祈る……。

またべつの猛者（老婆《ろうば》）は、独自に税金を計算したらしきレポート用紙だか便箋《びんせん》だかを、ズバーンと提出していた。たじろぐ税務署職員。

「えっ、これはご自分で計算なさったわけですよね……。しかし、規定の用紙に書いていただかないと……」

でも老婆は耳が遠いらしく、全然話が通じないのであった。提出カウンターの列はどんどんのびていく。税務署職員の苦難はつづく。

一仕事終えた気分で、蕎麦屋《そばや》さんでうどんを食べる。

隣のテーブルにいた夫婦は、注文の品が来るまでずっと首をまわしつづけていた。二人して寝違えて首が痛いらしい。それは気の毒だが、しかし言葉少なに首をまわされると気が散る。夫婦を横目にする私は、うどんが気管に入りそうであった。

Nさんの話

03.17

本日は友人Nさんと打ち上げ。早い話が飲み会だ。Nさんの話がいつもながらおもしろかった。アルコールにやられたので、あまり細かい部分まで覚えていられなかったのが残念だが、以下に記録しておく。

一、Nさんは夢を見た。毛むくじゃらの黒い子犬を飼っている夢だ。子犬を散歩につれだしたNさんは、「フライパン！　こっちにいらっしゃい、フライパン！」と夢のなかで必死に呼びかけていたそうだ。どうやら犬の名は「フライパン」らしい。目が覚めたNさんは、「……黒いからか？」と思ったそうだ。

それでもフツーは、犬の名に「フライパン」は選ばない。

二、Nさんは音大の出身だ。私は常に[※34]、音大生か美大生になりたいと願っているので、いろいろ質問してみる。

音大生は専攻する楽器によって、ある種の「雰囲気」みたいなものが確実にあるようだ。一番華やかでストレスがなさそうに見

（※34）もちろん、のだめちゃんやはぐちゃんのような学生生活を送ってみたいからだ。

えるのは声楽科。次にピアノ科やバイオリン科。オーケストラのなかでも、木管はわりと華やかで、逆に地味なのは金管なんだそうだ。

不思議である。「そういう雰囲気のちがいというのは、どこから来るものなんでしょうか」と聞くと、定かではないものの、「たぶん小さいころからやってるかどうかのちがいなんじゃないか」とのこと。

たとえばピアノやバイオリンは、三歳のころからやってて音大に入り、プロになる、というひとが多い。しかし、ホルンを三歳からやってるひとって、たしかに少数派だろうという気がする。よっぽど機会にめぐまれてないかぎりは、中学校でブラバンに入ってホルンにはじめて触れた、というひとが多かろう。じゃあ、たとえば三歳からホルンをやってれば、神の音色が出せるのか？そのあたりのことは、門外漢にはわからない。しかし、歌やピアノやバイオリンは、ホルンやトロンボーンに比べれば、習いはじめる年齢が低い、というのはうなずける。また、音大に入るぐら(※35)

(※35)のちに、「楽器を習いはじめる年齢は、その楽器の形状や特性によってもちがってくる」と読者のかたから教えていただいた。たとえば、フルートにはチビッコ用のものがないので、小学校中学年ぐらいにならないと手の大きさがたりず、吹けないのだそうだ。そうか！と目から鱗が落ちた。楽器に触れる機会があるか否かにばかりとらわれて、ものすごく基本的な部分に思い至らず、お恥ずかしいかぎりだ。

い本格的に稽古《けいこ》できるというのは、ある程度、経済的に余裕のある家庭だと推測できるので（いやな話ではあるが）、華やかなのかもな〜とも思う。あと実質的に、歌やピアノやバイオリンはソリストがいるけど、ホルンやトロンボーンのソリストって、音楽の素人《しろうと》からするとパッと思い浮かばないものだしな……。

「究極に地味というか変人が集うのは、どんな科なんですか？」

と聞いたら、

「作曲！」

とすぐに答えが返ってきた。

作曲科は、一学年の人数も少ないし、まず音大を志望する時点で、「俺には作曲の才能がある」って自覚してるひとというのは、たしかに少数だろうなとは思う。フッーは折に触れて作曲をしたりしないものね。

で、作曲科のひとの傾向としては、たいがい変わっていて、服装もちょっと変なのだそうだ（すごーくボロかったり、個性的すぎたり。いいことだ）。そして特筆すべきは、恋した相手に必ずと言っていいほど、自分が作曲した曲を捧《ささ》げるのだそうだ。私は爆笑した。いやいや、実際に捧げられたら、ちょっと胸キュンではあるが。

しかし、彼ら（作曲科は男性が多いらしい）の作る曲は、だいたいにおいて「現代音楽」に分類されるような、複雑怪奇で難しい曲だ。楽譜には音大生ですら見たことがないような記号がいっぱいあって、そういう楽譜が何十ページにも及ぶような大曲なんだって。問題は、作曲者本人すらも、その曲を演奏できない、ということだ。人力では再現不可能なぐらい複雑な打楽器の指定とかがあるらしい。

「じゃあ、どうやってその曲を捧げるんですか？」

「パソコンに打ち込んで再現したものを、ＭＤとかに落として渡すの」

深夜にＭａｃに向かって、ピコピコと少しずつ曲を打ちこんでるんだろうな……。その合間にたぶん三百八十五回ぐらいは、「〇〇ちゃん、好きだー！」って叫ぶのだろうな……。その叫びをそのまま相手に打ち明ければいいのではないかと思わなくもないが、彼らの表現手段は音楽なので、もちろんMDに入った複雑怪奇な現代音楽となって、意中のひとに手渡されるのであった。すごくないか？

音大生になって一度ぐらいは曲を捧げられないと、「生きた」とは言えないのではないか。

なんだかそんな気持ちになったのだった。

うたを

03.18

うたを歌おうぜ、終わらないうたをよ！

原稿が全然終わらない。なのに眠くてたまらない。ところで私のPHSは壊れたらしく、ここのところずっと、通話してるとすぐに電池が切れる。「あのー」とか言ってるうちに切れる。あとは念話するしかない。早く機種変更しろや。

そんななか、友人あんちゃんが遊びにきてくれた。しかも、キン〇キッズのカレンダーを手みやげに！　「おおー」と胸ときめかせながら、二人でひとしきり眺める。

あんちゃんと「歌」の話になる。考えてみれば歌とは旋律である。神がかり的オペラ歌手がいくら頑張っても、歌い手が一人であるかぎり、和音にはなりえない。

そこに欲求不満を感じた歌手はいなかったのか？　俺はこんなに美しい声で歌えるのに、自分一人では決してハーモニーを作りだせないなんて！　音楽の神は残酷だ！

そう苦悩した歌手はいないのか？

合唱をすればいいだろ、とは言わないでほしい。そういう問題じゃないのだ。俺だけで俺の歌声を重ねたいのだ。録音して重ねればいいだろって？　そうかもしれないが、生のリサイタルのときはどうするのだ。録音技術がなかったころの歌手は、いまより一層、欲求不満と苦悩に身を焦《こ》がしたことと推測する。

「そういうひとは、モンゴルに旅に出たんじゃないかな」と、あんちゃん。

なるほどホーミー！(※36)

一人和声　03.18

パソコン師匠N氏(※37)からメールが届いた。

「口笛吹きながらハミングで声を出せばハモれます。お試しあれ」

早速試してみた。……いや、絶対無理だって！

さすが発明家なだけあると、いたく感銘を受ける。N氏自身がすでに発明品ではないか、と思うほど、人智《じんち》を越えたすごい技を持っている。


(※36) 私はこの世のものとも思われぬうめき声を発することができ、もしかしたらホーミーの才能があるのではないかと思うのだが、友人にうめきを聞かせると必ず、「それ全然ホーミーじゃない」と断ぜられる。

(※37) 職業・発明家。

タイトル

03.21

この日記になにか書きたいときは、必ず「タイトル」(※38)を入れなきゃならんのだが、これが困る。

記事投稿欄に「タイトル（必須《ひっす》）」と項目があるのでヤケになり、今日のタイトルはタイトルにしてやった。

現在、激しくピンチ中。どうして小説の〆切軍団が迫りつつあるときにかぎって、大きなゲラ（校正刷り）が来るのか。これは、「なぜ大便をしたときにかぎってトイレットペーパーが補充時期にあたるのか」と同じぐらい、私を悩ませる不条理だ。

〆切軍団にへっぴり腰で立ち向かいつつ、ゲラにも血の雨(※39)を降らせる冷酷非道なソルジャーなのだが、さらに難敵が立ちはだかった。

刊行予定の単行本のタイトルを決めなきゃならんのだ。ソルジャーは援軍（編集さん）にSOS信号を発した。

SOS信号を受けた援軍は、頭脳を結集してタイトル案をひね

(※38) ブログの仕様として、タイトルを記入しないとアップロードできないようになっているのだ。「アップロード」で用語は合っているだろうか。

(※39) 赤ペンで修正を入れまくることを指す。

りだしてくれた。頭脳の内訳は、ソルジャー担当のTN氏と、TN氏の上官K氏である。結集したわりには二人である。

ところが、援軍が送ってきたタイトル案というのが爆笑なのだ。暴走族の壁の落書きみたいなものや、悪い霊に取り憑《つ》かれたかのような、ぶっ飛んだ案が並ぶ。私は深夜にメールを見て笑いを炸《さく》裂《れつ》させた。当然、必死に考えた援軍二人はおかんむりだ。

「じゃあ、三浦さんはどういうタイトルがいいと思うんですか」

「そうですねえ、『山椒《さんしょう》は小粒でもピリリとからい』とか?」

「一応、恋愛短編集のタイトルなんですけど!」

「TNさんの案だって『○○○○』(あまりにすごいので、TN氏の名誉のために伏せる)じゃん!」

三者のあいだで、「なんじゃそりゃ!」「貴様の考えたタイトルこそなんだ!」と、激しい紛争が勃発《ぼっぱつ》する。TN氏がまたも凶器(ていうか狂気)ぶりを発揮したのは、そのときだった。

「わかりました。つまり三浦さんはタイトルで、甘いだけじゃなくちょっとからみもあるんだよ、というのを言いたいわけですね。

(※40) その独特な天然ノリというか天然ボケというかは、凶器とも狂気とも噂され、一部で深く愛されている。

(※41) 冷酷非道なソルジャーは、ここにTN氏とK氏のタイトル案を公開することを宣言する。TN氏案:『憎いあんちくしょう』『愛羅武勇』K氏案:『ファッキン・ラブ・ラブ』……この援軍は、恋愛短編集をいったいどこへつれていこうというのか!

では、『ミンクとスカンク』はどうでしょう」

……恋愛短編集だっつってんのに、スカンクってなんだよスカンクって！　ミンクもスカンクも出てこないし！

ソルジャーと援軍はまたも激しく三《み》つ巴《どもえ》の闘いを繰り広げ、やがて日が暮れたので家に帰ることにしたのだった。

弱いぞ、このソルジャーと援軍は！(※42)

(※42) 迷走をつづけたソルジャーと援軍であるが、結局、『きみはポラリス』というタイトルで落ち着いた。現在は新潮文庫になっています。CMでした。あっ、暴れん坊援軍がどこの会社のひとかばらしてしまった……。

03.31

水夫服と物騒な武器

急に薬師丸ひろ子の「セーラー服と機関銃」を聴きたくなり、いまア○ゾンでポチった。「さよなら」は「遠い約束」なのだよ。いつ思い出しても素晴らしい歌詞だよな。長澤まさみちゃんバージョンのドラマも、ホテルに（「愛した男」とじゃなくて出張で）泊まったときなどにチラ見してたんだが、よかったよな。そして水夫服の歌詞のいいところは、途中まで女の子視点なのかと思わせておいて、一人称が「僕」なところだよな。もしかしたら、（時代的にもひろ子ちゃんのキャラ的にも）一人称が「僕」な女の子なのかもしれないがな。

「想《おも》い出すがいい」って、言ってみたいものだ。思い出すがいい！「〆切が昨日だったことを思い出すがいい！」。

さよならは遠い約束だ。

※「セーラー服と機関銃」作詞：来生《きすぎ》えつこ

おまけコーナー

その一「絶海で働く男」

弟とテレビを見ていたところ、大海原に櫓《やぐら》のようなプラットフォームを建設し、そこに住みこんで石油を掘る男たちのドキュメンタリーをやっていた。

働いているのは男性ばかりで、白人が多いようだ。頑固そうな親方の号令のもと、男たちは来る日も来る日も、巨大な掘削機で深い海の底から石油を掘りあげつづける。なにしろまわりは海なので、休日にどこかへ遊びにいくことなんかできない。彼らはもう何カ月も、ひたすらプラットフォームで暮らしつづけている。

娯楽といえば、魚釣りぐらいだ。

「へーい、ジョージ、見てくれよ。大漁だぜ」

「すごいな、トム。だがそれ、鮫《さめ》じゃないのかい？」

恐るべきことに、本当に鮫なのである。だがトムはてんでおかまいなしで、

「今夜の飯は、こいつで決まりだな。ハハハ」

と、獰猛《どうもう》そうな鮫をじゃんじゃんプラットフォーム上に釣りあげているのである。

「こらぁ、おまえら！　ちゃっちゃと働かんかい！」

と親方は怒るが、いえ、親方……。働きぶりをどうこう言うまえに、あなたの

石油掘削基地に鮫を上陸させてることをこそ、注意したほうがいいんじゃないでげすかね。

最初は、「アメリカ版　プロジェクトX」みたいなドキュメンタリーなのかと思っていたのだが、鮫釣りあたりからどんどん雲行きが怪しくなっていく。プラットフォームで働く男たちが、どいつもこいつも陽気なのだけが取り柄のダメ人間なのだ。

掘りあげた石油は、配管を通ってタンクに溜《た》められる。アンソニーは配管部門の責任者だ。部下を指示し、プラットフォームじゅうに太いパイプを張りめぐらす。掘削作業が一日滞れば、損失は莫大《ばくだい》なものになる。翌朝からは新しい掘削ポイントを掘りはじめることになっているので、アンソニーは夜のうちに配管を終えねばならないと必死だ。時間との戦い。真剣な目。男たちは汗を滴《したた》らせてパイプをつないでいく。

そしていよいよ、プラットフォームの左右からのびる二本のパイプの、端と端とを溶接し、管を開通させる局面を迎えた。そのとき、問題が発生した。

「ジーザス！」

とアンソニーは頭を抱える。「左と右とで、ちがう太さのパイプを使っちゃってたぜ。これじゃあ、隙間《すきま》から石油が漏れちまう」

「あほかー！」

と、弟と私は叫んだ。夜中に叩き起こ

され、ものすごく基本的なミスをやらかしたことを知らされた親方も、「ばかもーん！」と叫んでいる。

アンソニーたち作業員は、また徹夜して配管を一からやり直しだした。もたもたと進む作業の様子を見守りながら、私は気を取り直して言った。

「でもさ、きれいな海のど真ん中で、仲間と一緒に寝起きして働くなんて、男のロマンだね。気のいいやつばっかりで、楽しそうだし。私も一度ぐらいは、石油を掘削する仕事に就いてみたくなってきたよ」

「甘い」

と弟は言った。「そりゃアンソニーは、パイプの太さをまちがえるようなアンポンタンだ。だが、そんなアンソニーでさえ引き締まった体つきをしている。やつらは屈強な猛者だ。おまえみたいにたるんだ肉体の持ち主では、こんなハードワークは到底こなせない」

ところがその瞬間、画面上で親方が、またも癇癪玉《かんしゃくだま》を破裂させたのだ。

「おい、新入りはどこ行った！　今日も寝坊か！」

ジョージが急いで、新入りを呼びにいく。

「おーい、ピギー。親方が怒ってるぞ。ピギー！」

ピギー？

弟と私の目に映ったのは、ころころに太った若い男の姿だった。ま、まさにピギー（子豚ちゃん）！

「おまえでも大丈夫だ」

弟は前言撤回し、私に向かって力強くうなずいてみせた。「さあ、絶海のプラットフォームへ行ってこい。俺からのはなむけの言葉は、『パイプの太さは確認しろ』だ」

二章

弘法大師《こうぼうだいし》さえ筆を折る

冬に逆戻り

04.05

寒いなあ。また冬に逆戻りだ。

便座カバーを洗濯せんとはずしたまま交換し忘れており、さっき便所で腰を下ろして「ひゃっ」って言ったよ。「言ったよ」ってだれに話しかけてるんだ。やっと会えたね。だからだれに話しかけてるんだ。とにかく冷たさに「ひゃっ」って言ったよ。

重大任務

04.07

諸君！　吾輩《わがはい》は明日に迫った選挙に備え、本宅に帰らねばならない！

え、今日から？　と思うものがあるかもしれないが、当然今日からだ。選挙公報を熟読し、政見放送を吟味し、吾輩はだれに一票を投じるか、ほぼ心づもりができた。しかし今宵一晩、場所を変え新鮮な気持ちでもう一度、最後の検討をせねばならない。己れとの真剣なる対話をせねばならない。そのために本宅に帰るのである。

選挙は吾輩にとって重大にして心躍る任務だ。先日、(※43)なにかの本を読んでいて、「そうか、つい最近まで女性は選挙権がなかったんだな」ということに改めて思い至り、ますます投票なる行為への熱意が高まったところだ。ちょっともういまから待ちきれないほどウキウキしている。風邪など引かぬように、今晩は厚着して就寝することにする。

もういまから睡眠のことを考えているのか。まだ昼だぜ?

(※43) 先日なのに、なんの本だったかもう忘れたようだ。

案の定

04.08

案の定、ちょっと風邪を引いたのである。しかし基礎体力がバカみたいにあるので、大事には至らなそうな様子なのである。

本宅に帰り、ひさしぶりに体重計に乗って衝撃を受けた(※44)。これは早急な対策が必要だ。しかし、昨日今日と尋常じゃない量の食べ物を体内に招き入れてしまった。節制するのは明日からでもいいか。

さきほど、道ばたで友人Kと偶然会った。三十分ばかり立ち話をした。よく、おばさんが道で「あら〜、偶然じゃない」と話しこみはじめるのを目撃するが、ついにあれの仲間入りだ。

考えてみれば私も、十代のころに「友だちと偶然道で会って立ち話」などしなかった。なぜだ？　なぜ若者は立ち話をしないのだ？
一、まだあんまり生きてないから、道で偶然会うほど知り合いがいない。
二、立ち話などする必要がないほど、話したいひととは連日会うことができる。
三、若者は忙しいので、立ち話をしない。

(※44) その後、衝撃に果てはないのだなと、日々思い知らされている。

二か三だな、若者は。

幻のかぜ

04.09

「ちょっと風邪を引いた」と思ったのは、幻覚っていうか幻想だったようである。無駄に元気で、レバーペーストを食べてしまった。

カ・ロ・リー！　コ・レ・ス・テ！

最近、私のお気に入りの幻覚は、「スポーツクラブで爽快《そうかい》に汗を流す自分」だ。そういう自分を空想しては、「よしよし」と思っている。なにが「よしよし」だ。

たび

04.12

この三日間、仕事で大阪と京都に行っていた。「出先でも携帯からブログに投稿」。そんなの無理だ。おいらのPHSはサイトにつなげないし（つなげるのかもしれないが）、添付ファイルも開けないし（開けるのかもしれないが）、そのうえ充電してもしてもすぐ電池が切れる。

しかし、出したはずのメールが出せていないばかりか、機体のどこへ消えてしまったのかすらわからぬ現状では、機種変更したところであまり意味がなさそうだ。通話専門の機種でもいいぐらいだなあ。あれってテレビのリモコンに似てるよな。いや、いまどきのテレビのリモコンは、もっとボタンがいっぱいあるのかな。

文明的生活を送りたいものだ。

大阪と京都は桜がまだ満開だった。そして乗ったタクシーの運転手さんがだれもかれも、必ず会話にオチをつける。さすが関西（そうなのか？）。

狭い道で、タクシーにちょっと停まって待っていてもらう必要があった。同乗者が全員所用があって車から下り、私だけが車内に残ることになった。ところが、うしろから車が来て、道が糞詰《ふんづ》まり状態になってしまった。そのへんを一周しながら待ったほうがよさそうだなと、運転手さんと私がたぶん同時に内心で思ったと思う。そこで運転手さんの一言。

「ねえちゃん、わいとドライブしようや」

しかも、親指で自身と私を交互にグイッとかっこよく指すアクションつき。もちろん、「ええ、喜んで」とお答えするしかなかった。

運転手さんと私がそのへんを一周しているそのころ、一時下車していた同乗者たちは、消えたタクシーの行方を思って表情を曇らせていた。

「三浦さん、タクシーごとどこへ……。まさか誘拐⁉」

私はいくつだ。飴《あめ》ちゃんにつられてさらわれるような年頃なのか。ていうか、さらってくれるひとといるのか。

ふだんボーッとした言動をしていると、こういうときに周囲のひとにいらぬ気を揉《も》ませてしまうのだなと反省する。

快食快便

04.16

さて関西から戻った私は、週末を本宅で過ごした。ゲラ(※45)を広げるスペースが欲しかったというのもあるが、新しくはじまるテレビドラマも見たかったからである。

本宅のソファで居眠りしたら、ちょっと風邪を引いた。というわけで、本宅で一泊するだけの予定が、結局三泊もしてしまったのだった。うぃー、上げ膳《ぜん》据え膳の生活ってラクチンだなー。

鼻水を垂らしながら仕事し、三食きちんと食べる生活を三日つづけたところ、三キロ太った。体重計が未知の数値を弾《はじ》きだす。ぎゃー、なんじゃこりゃー！　風邪で弱ってたんじゃなかったのか⁉　ついに「ハ○ウッド48時間」(※46)を試みるべき局面に至ったのではあるまいか。

ところで発見があった。体が大きくなると、排泄物《はいせつぶつ》も大きくなる。さきほど火宅に帰って用を足した私は、思わず「おおー」と言ってしまった。象のウン○はでかい。なるほど。

(※45) 火宅はいついかなるときも整理整頓がなっていない。

(※46) ハリウッドセレブ御用達だという謎のダイエットジュース。

正当な評価だった

04.17

「たまには真面目《まじめ》なエッセイも書くんですね。ていうか書けたんですね」と仕事相手数人から言われ、「まあ、たまには」と答えつつも内心では首をかしげる。

俺はいつも真面目なのだが……。いつも魂をすり減らす勢いで真面目に書いてるのだが……。

これは不当評価ではあるまいか。もしや、「あいつ、鼻〇ソほじりながら足でキーボード打ってるらしいぜ」などと、誤解されているのではあるまいか。

俺の真面目ながむばりをもっと認めてもらいたいものだ！　と咆吼《ほうこう》しつつ日記を開いたら、「象のウン〇」と書いてあった。恥！

……がむばりってのは、声高に訴えるものではないのだよ。象のウン〇の陰に、真面目さが隠れているのだよ。

ずれこむ

04.27

大幅に予定がずれこんでいる。

「俺はまだ死んじゃいないぜ」「ふっふっ、じゃあ、死んだほうがましだという地獄を見せてやろう」「なにを小癪《こしゃく》な。やれるものならやってみやがれってんだ」「ではまず、貴様をミミズがいっぱいの穴に突き落とす」「ぐああっ、これはサキちゃんが正気を失ったほどの拷問《ごうもん》！」「ミミズにまみれながら、さらに泥まんじゅうも食ってもらおう」「そ、それはーっ。演技に開眼するために必要不可欠なマヤアイテム！」「仕上げに、鏡張りの小型ロケットに閉じこめて宇宙空間へ放りだす」「エレナー！　だれかエレナを助けてあげてーっ」「どうだ、参ったか」「おぶおぶ、参りました。つらすぎます。もう無理！　命根性が汚いから本心では『死んだほうがまし』とは思わないけど、比喩《ひゆ》としては死んだほうがましかもってところまで追いつめられました！」「ならば死ぬ気でいそしめ。『少女漫画を読んでて「こんな目には遭いたくない」と思ったシーンベスト3』とか考えてないで」「はい……」
白泉社三連発で、いまの精神状態を表現してみた。(※47)

(※47) 作品名を当てたかたには、昨日私が作った大根の煮物を……って、そんなものいらん！ 腹下す！ 猫もまたぐ！

摩《ま》訶《か》不思議

05.03

ゴールデンウィーク進行とは、ゴールデンウィークで印刷所が休みに入るため、前倒しで原稿を渡すことであり、ゴールデンウィークまっただなかの今日もゴールデンウィーク進行の原稿を書いているとは、こはいかに。

こんな夢を見た。七

05.04

私は三人きょうだいである。

上の弟は、現実でも私の弟であるマサオ[※48]だ。ジロウ[※49]と深夜のドライブに出かけ、私をブタと呼ぶ、あいつだ。下の弟は、マサオとよく似た顔をしているが、マサオよりも気だてがよく天真爛漫《らんまん》なようだ。

弟二人とともに、本宅の居間でテレビを見ている。人気の劇団の舞台裏の風景を追う、という感じのドキュメンタリー番組で、なかなかおもしろい。「この劇を見にいってみたいね」などと、弟二人と私はしゃべる。

テレビも終わり、それぞれが二階の自室へ引きあげる。私は布《ふ》団《とん》に横たわり、そこで重要なことに気づく。

ちょっと待て！　私、弟が二人いたっけ？

ガバリと起きあがり、落ち着いて考えてみる。いや、いるよ。たしかに弟は二人いる。上の弟のマサオでしょ。そして下の弟の……。だめだ、名前を思い出せない。ていうか、知らないような気がする。こんなことってあるだろうか。四半世紀もきょうだいをやっていて、弟の名前を知らないなんて、どういうことだ。

（※48）実際は全然ちがう名だが、ここでは仮にマサオとする。

（※49）ジロウは弟の友人。一時期、ほんとにデキてるんじゃないかと思うほど、頻繁に二人でドライブしていた。最近は少し大人になったからか、デート（？）にあまり時間を割けないようである。

混乱しつつ一階の台所に下り、とにかく冷静にならねばと水を飲む。うーん、下の弟の名前はなんだったか。上の弟がマサオだから、なにかそれと似たような名前だろう。マサシとかマサヒコとかテルマサとか。あっ、テルマサだった気がしなくもないぞ？

台所には母がいる。いまさら下の弟の名前なんか聞いたら、母は怒り傷つくだろうなと思い、どうしたものかとしばし悩む。しかし、はっきりさせねばならぬ事柄だろう、これは。意を決して切りだす。

「お母さん、あのさあ」

「なによ」

「非常に聞きにくいんだけどね……」

「だから、なによ」

と、ここで、母だけがいると思っていた台所に、弟が一人いることに気づく。げっ。本人のまえで、「弟の名前なんだったっけ」とは聞けないではないか。私は弟の顔をまじまじと見る。これはマサオか、テルマサ（暫定《ざんてい》）か。

「えーっと、あんたはマサオのほうだよね」

「そうだよ」

と弟は怪訝《けげん》そうに言う。ホッ、やっぱり上の弟のマサオだった。

「お母さんもマサオも聞いて。あのね、私じつは……、下の弟の名前が思い出せないんだよ！」

「えーっ」

と弟は叫ぶ。「おまえ、ホントにとんでもないやつだな。弟の名前を忘れるか、フツー」

「だからこっそり聞いてるんじゃない！」

大声を出したら、下の弟が起きてくるかもしれない。そうなるまえに彼の名前を知っておかねばならぬと、私は必死である。

「ねえ、あの子、なんて名前だったっけ？」

「あいつの名前は」

と弟は言う。「……なんだっけ？」

おまえも忘れたのか！　どうすんのよもう！　どうするったって、わかんないもんはしようがねえだろ。弟と私はひとしきり言い合いをする。

「それにね、マサオ」

と、私は最前から気がかりだったことを告白する。「さっき、三人でテレビを見てたじゃない？　あのとき私、下の弟のことも『マサオ』って呼んじゃってたんだよ、だって名前がわかんなかったからさあ。でもそれって、すごく失礼じゃない！　どうしようー。早くあの子の名前をちゃんと知らなきゃー」

「あーもう、いいんじゃねえか？」

と弟は言う。「あいつもマサオってことで」

「ダメだよ！　なんかね、テルマサって名前だったような気がするんだよ」

「テルマサね。うん、そんな感じの名前の気がするな」

そこで弟と私は、母に向き直る。

「どう、お母さん。私たちの弟の名前、テルマサで合ってる？」

我々のやりとりを黙って聞いていた母は、あっけらかんと答えた。

「ううん。棋一郎よ」

「きいちろう！」

と、弟と私は声をそろえて言った。まったく予想とちがう名前に、ただただ驚くばかりである。

とにかく、私には弟が二人いる。上の弟はマサオ、下の弟は棋一郎だ。

帯コピー

05.07

T＝ミンクとスカンク＝N氏から電話があった。

ミンクとスカンク氏は連休中ずっと、今度出る恋愛短編集の帯(※50)コピーを考えつづけてくれたらしい。実のところ連休のあいだにも、「こんなの考えてみたんですけど」と何通りものコピー案がメールで送られてきていたのだ。きみは仕事をしすぎじゃないか。「どれもいいなー」と思いつつ返信せずにいたら、連休明け早々

(※50) 本の帯コピー（売り文句）は、担当編集者が考えてくださる。たまに、作者本人が考案するケースもあるようだが、私は編集さんにお任せしてしまっている。

に電話がきたというわけだ。

「どうですか、帯コピーは」

「どれもいいので、迷いますね。いろいろ考えてくださってありがとうございます」

「いえいえ、本命はべつにあるんです（ちょっと得意げに含み笑いするミンクとスカンク氏）。これから読みあげますよ、よろしいですか？」

「はい、どうぞ」

「『叫んだって、だれにも届きゃあしねえんだよ！　俺が世界の中心なのに』」

「……」

「いかがです？」

「…………いや、いかがって……。ミンクとスカンクくん、きみねえ。それ単にきみのルサンチマンていうか逆ギレだろう！　なんで個人的な魂の叫びを、自分が担当する本の帯コピーにぶつけるんだ！　そういうのは日記に書くに留めておきたまえ」

「えー、日記ですかぁ（不満げ）」

このままではホントに、いろいろ問題な帯コピーに決められてしまう！　ぶるぶる。

ミンクとスカンク氏（連休を籠《こ》もって暮らす不惑かな・一句）の叫べど届かぬ魂を鎮《しず》めるため、記念にここに書き残すことにする。いつもながら、すげー帯コピーを考えやがるぜ。くわばらくわばら。

05.13

放蕩《ほうとう》娘の帰還

ああっ、いますごいことに気づいた！

たとえば「放蕩息子の帰還」とか「ドラ息子」とかの「息子」って、「〇〇さんの子ども（性別は男）」「〇〇さんちの子ども（性別は男）」って意味がある。だけど、たとえば道を行く見知らぬ若い男性に話しかけるとき、「もしもし、そこの息子さん」とは言わない。せいぜい、小さな男の子に「ぼっちゃん」って呼びかけるぐらいだ。

ところが女性の場合、かなり大人になっても、道で話しかけられるときなどに、「もしもし、そこのお嬢さん」とか「娘さん、このへんに郵便局ないかしら?」とか言われる。つまり、女への呼びかけは常に、「○○さんの子ども」「○○さんちの子ども」なのである。

女は父親もしくは家の付属物か! と怒ってるのではなく(ちょっと怒ってるが)、「なるほどねえ、平安時代の『藤原道長の女《むすめ》』みたいな感覚は、いまも無意識でつづいてるのねえ」と蒙《もう》を啓《ひら》かれた思いがしたのだ。勝手に自分の蒙を啓く。そういうの啓蒙って言ううか?

05.16

お手紙食べた♪

ミンクとスカンク氏からお手紙が届いた。ミンクとスカンク氏は非常に癖のある筆跡をしており、一部で「楔形文字《くさびがた》」と呼ばれている。

……どーしてこんなにネタ満載なんだよミンクとスカンク氏！

それはともかく、楔形文字を解読したところ、ミンクとスカンク氏は以下のようなことを言いたくて、わざわざ手紙をしたためたらしいのだ。

一、日記を見ました。(※51)

二、日記に書いてある「帯コピーの本命」がまちがっています。私が考案したのは、「叫んでも愛は伝わらない　俺が世界の中心なのに」です。(※52)

三、ネタにされるのは大変不本意ではありますが、これからも頑張って生きていきます。(※53)

日記に書いてるのがばれてしまった以上、ミンクとスカンク氏ネタは、しばしのあいだ封印せねばなるまい。とはいえ、ミンクとスカンク氏はさっさとパソコンのまえから離れるはずなので、

(※51) ミンクとスカンク氏はいままで、「なんかネタにされてるらしい……」と薄々気づいてはいたものの、生来のパソコン嫌い（というか機械オンチ）が災いして、ネット上の日記を見ていなかったのである。
(※52) やっぱりきみが世界の中心なんだな。
(※53) うん……。

「しばし」って言ってもすぐのことだと思うが。そのあいだもむろん、ネ☆タ帳にミンクとスカンク氏の生態をこっそり書きつけておくことにする。

暗黒点

05.17

あたたかくなってきたなー、と思いはじめたころから、火宅の台所に蟻《あり》が出現するようになった。

すごく小さな黒い蟻だ。毎日必ず、二、三匹を発見する。発見次第、無視したり水をかけて殺したりもう面倒なので指先でつぶしたりするのだが、めげずに毎日必ず二、三匹が台所にいる。どこから入ってくるのか、なにが狙《ねら》いなのか、まったく謎《なぞ》だ。

だいたい、火宅の台所で食べ物を見つけるのは、本来の住人であるはずの私ですら困難な状況なのだ。もっと隊列を組んで、食べ物の在処《ありか》を示してくれればいいのにと思うほどだが、チマッチ

☆ミンクとスカンク氏はその後も、「『ラ・ラ・ランド』のラストを盛大にネタバレする」など、順調に活躍中だ。まだ見てないって言ってんのに！　呆然とした。

マッと規則性なくシンク周辺に出没するだけで、かえって不気味である。どこかにある食料のつまみ食いが目的なのか、ただの散歩なのか、火宅乗っ取りの先遣隊なのか、はっきりしてほしい。

そして今日、ちょっといやなことに気づいてしまった。侵入してくる蟻が微妙に大きくなっていってる……。

春も深まり成長したのか、「軍曹どの、あそこの家には住人も忘れている食料があります」「でかした、二等兵。俺を案内しろ。その結果を、俺のほうから少尉《しょうい》どのにご報告申し上げる」と、どんどん上官（体が大きい蟻）に任務が引きつがれているのか、どちらだろう。どちらも歓迎しかねる事態だ。

体色

05.17

憂《うれ》いとともに蟻を眺めていて、もうひとつ気づいたことがある。蟻の体色についてだ。

だんだん大きくなっているとはいえ、とても小さな黒い蟻なのだが、私が子どものころ、よく見かけたこれぐらいのサイズの蟻は、みんな赤茶っぽい色をしていた。「赤蟻」と呼んでいた覚えがある。まんまや。

ところが、いま住んでいる火宅近辺では、私の記憶にある赤蟻を全然見かけない。赤蟻と同じぐらいの大きさなのに、みんな明らかに黒い。

種類がちがうんだろうか。それとも、

「俺、日焼けすると赤くなっちゃうんだよ」

「俺は黒くなって、そのままなかなか日焼けがさめないんだよね」

という程度のことなんだろうか。

そこで思い当たるのが、関東ローム層だ。子どものころに住んでいたのも、いま住んでいるのも、関東ローム層（赤土）地帯だ。子どものころに住んでいたあたりでは、地面をちょっとでも掘ると赤土、いやもう、掘るまえから赤土という感があった。ところが、いま住んでいるあたりは、なぜか赤土っぽくない。関東ローム層のはずなのに……？

素人《しろうと》考えだが、いま住んでいるあたりは、山というか丘というかが多い。その斜面に家が建っている。で、赤土になるはずの火山灰は、降り積もったはしから雨によって斜面を流れ落ち、谷間にのみ溜《た》まったのではないかと思うのだ。そのため、斜面の土は赤土ではなく、宅地造成前に山に生えていた木々の落ち葉が作った、腐葉土で覆《おお》われたんじゃなかろうか。だから、いま住んでるあたりは黒っぽい土なのではないかと推測するのである。

それで、なんの話かというと蟻の体色だ。たぶん大きさからいって、子どものころによく見かけた赤蟻と、いま火宅の台所に果敢なるアタックをつづける小さな黒い蟻は、同じ種類じゃないかと思う。しかし、住んでる場所の土の色に合わせて、体の色がちょっとちがうのではないか。保護色っていうの？　ミカンばっかり食べてると体が黄色くなっちゃうっていうの？　そんな感じ。

「やっぱり日焼けみたいなもんなんだな」

と私は勝手に納得し、蟻にもそう話しかけてみたりしてるのだが、真相は不明だ。蟻はなにも語ってくれないからだ。語りあうまえにつぶしちゃってるときもある。

はにゃ〜

05.23

はにゃ〜、いつのまにこんなに時間が経《た》っちゃったのかにゃ？　かわいく言ってみても無駄だ、このボケカスめが！　てめえはボケでカスだ！

そんなふうに己れにヤキを入れている日々であるよ。

仕事で都内を駆けめぐる数日だったのだが、ふと乗ったタクシーの運転手さんが、またすごかった。私はなぜこんなに、妙なタクシーの運転手さんに当たるんだろう。なぜこんなに、タクシーの運転手さんが話しかけてくるんだろう。ちょっとおかしくないか？　と、いまさらながらに考えこんでしまったぐらいだ。

その運転手さんは、私が乗ってすぐに、

「もう温暖化は食い止められないよ、お客さん！」

と宣言した。初老の男性で、わざわざ後部座席を振り返って話しかける。まえを見て運転してください。

タクシーの運転手さんには、温暖化問題について憂いているひとが多いようである。自動車がなければ成立しない職業だから、「温暖化を防ぐために、どう対策を取ればいいか」と、いろいろ考え、心を痛めているのだろう。

温暖化の話題を振られるのははじめてではないので、「そうですねえ」と落ち着いて答えた。

「でも、いろいろな取り組みもなされているようですし、大丈夫じゃないですか？」

「だめだめ！」

と運転手さんは哀《かな》しげに勢いよく首を振った（まえを見て運転してください）。「もう手遅れだよ！(※54) 最近の気候とか、おかしいでしょ！これ全部温暖化のせい！ブッシュなんて口先ばっか

（※54）独自の統計によると、日本のタクシーの運転手さんのブッシュ支持率は０％である。ブッシュ、ある意味すごいな、と思う。

でちっとも温暖化対策に協力しやがらない！　そのせい！」

ほとんど宗教的熱狂にかられてるとしか思えぬ口調でまくしたてる。

「南極の氷が全部溶けちゃったら、日本は富士山の頂上がちょっと残るだけらしいですよ！　どうすんの、それっぱかししか土地が残らなくて！　みんな死ぬ！」

「そ、そうですね……」

「じわじわと海面が上昇して、みんなゆっくり、苦しみながら死んでいくしかありませんよ！　食べ物もどんどんなくなっていってね！　だって畑が沈んじゃうんだから！　苦しみながら生き死《じ》にしていくんだぁ～（最後だけ詠嘆調）」

あわわ、と思っていると、運転手さんは急に冷静な口調になって、

「地球は全部海になり、そっからまた新しい生命が生まれるんですよ。人類じゃない、新しいひとが。ま、ひとだか宇宙人だか、なにが生まれてくんのかわかりませんがね」

「は、はあ……。なにかが生まれてくるなら、まあそれはそれでいいですね。私たちは死んじゃうとしても」

「うん。でもね、新しい生命が生まれてきても、それも無駄！」

運転手さんは再び、宗教的熱狂（？）にかられはじめた。

「だってお客さん、太陽！　太陽だって、あと一万年後だかに寿命を迎えるらしいんですよ！　太陽も死んじゃうの！　そしたら地球も死ぬしかないでしょう！」

「生き物が必ず死ぬのと同じように、すべてのものに終わりが来るようにできているんですね……」

「不思議ですよ！　どうして宇宙規模でそういう仕組みになっているのか、私は本当に不思議ですよ！　人間や動物に寿命があるのはしかたないとして、でもなにも太陽まで死ななくてもいいじゃないですか！」

こういうことを考えながら、このひとが一人、都会をタクシーで走っていることに比べれば、一万年後の太陽の死なんてちっぽけなことのように思えてくる。

こんな夢を見た。八

05.23

「駕籠《かご》かきには雄と雌があってね」

と、おじいさんがキセルをふかしながら言う。街角で客待ちをしているようである。私は立ち止まって、おじいさんの話を聞く。「駕籠かき」とおじいさんは言ったが、おじいさんの背後にあるのは人力車だ。おじいさんは人力車の車夫らしい。

「雌の駕籠かきは、雌笛を吹き鳴らしながら走るそうだ」

おじいさんの脳内映像が、私の脳裏にも描きだされる。人力車を引き、小さなラッパを吹いて走るおじさんの映像だ。「雌の駕籠かき」と言っても、駕籠ではなく人力車で、しかも引いているのが男性なのが不思議だ。おじいさんの言う雌雄は、駕籠をかつぐ（人力車を引っ張る）ひとではなく、駕籠（人力車）そのものにかかるのだな、と了解する。

駕籠（人力車）に雌雄があるとは、初耳だ。雌の駕籠とはどんなものなのだろう。私はおじいさんの話のつづきを待つが、おじいさんは哀しげに首を振る。

「でも、雌の駕籠かきはめっきり少なくなった。俺も噂《うわさ》に聞くばかりで、実際に見たことはない」

いつか雌の駕籠かきに巡り会って、雌笛の音を聞いてみたいものだと思いながら、おじいさんと私は埃《ほこり》っぽい乾いた道路を眺めている。(※55)

05.31

『フラワー・オブ・ライフ』！

また傑作だ、よしながふみ！

もう『フラワー・オブ・ライフ』(新書館)☆の最終巻（四巻）は読んだか？　まだだったら書店に走れ！　いままでの巻を読んだことないということだったら、この機会に一気に全巻買うべし！　って、日記に檄文《げきぶん》を書く奇妙。

サイコーにおもしろい話なんだが、最終巻の怒濤《どとう》ぶりといった

（※55）電車に乗っていて、一駅のあいだ（三分ぐらい）に見た夢だ。たぶん、前述したタクシーの運転手さんのインパクトが強かったので、車夫のおじいさんが登場したのだろう。

☆現在は白泉社文庫（全三巻）でも入手可能です。

ら、もう……。私は雑誌で連載を読んでいて、最終回の一回前に、「どうなるのー!」って叫んだ。次号が出るのが待ち遠しいけど怖い(期待とか諸々《もろもろ》の感情で)、という感覚をひさしぶりに味わった。すばらしい漫画を夢中になって読むときにだけ感じられる、雑誌が出るまでの待ち遠しさ。ほんと十代半ばのころ以来なかったね。もう二度とそんな待ち遠しさは味わえないと思ってたね。それが三十になって再び味わえるとは、って、漫画の神に心から感謝したね、俺は!!!

(※以下、ネタバレしてますので、ご注意ください)

雑誌で最終回を読み、涙した。こういう展開が待っていようとは。こういう形でテーマが浮き彫りにされるとは。

この作品に関して、冷静に論ずることは私にはできそうにない。さっき単行本の最終巻を改めて読んで、なんか子どもみたいに声を上げて泣いてしまった。自分でもびっくりした。「泣ける話」とか「泣かそうとしている話」では全然ないにもかかわらず、だ。

ふと思ったのだが、もしかしたら『フラワー・オブ・ライフ』

は、三国翔太が作った話だ、と解釈できるかもしれないな。メタ的（？）に読むと。翔太自身の青春時代を、大人になった翔太が物語にしたのかもしれない。その場合、「作中作部分が春太郎の絵で、本編部分がほかの漫画家の絵」なのか、「作中作部分が高校時代の春太郎の絵で、本編部分が現在の春太郎の絵」なのか、どっちなんだろう。前者なら、春太郎と翔太は「一緒に漫画家になる」という夢を果たせなかったということだし、後者なら、一緒に漫画家になれたということだ。

そして(※56)どっちだったとしても、彼らの「フラワー・オブ・ライフ」は生き生きと、永遠に作品として灼《や》きつけられたことに変わりはないのだ。せつねー！

いやいや、もちろんわかってますよ。翔太が書いたんじゃなく、よしながふみさんが描いた漫画だということは！

（※56）うまく説明できているだろうか。「なに言ってんだ、こいつ」って感じだったら申し訳ない。

肺活量

06.16

ミンクとスカンク氏は、人間ドックに行ったそうだ。

ミンクとスカンク氏は肺活量の検査で、「ちょっと息が弱いですね」とダメ出しを受けた。見るからに息が弱そうなミンクとスカンク氏なのである（失敬）。

「もう一度やってください。吹き矢を吹く要領で！」

と指示されたミンクとスカンク氏は、「なるほど、そうか」と思い、今度は無事に検査をクリアしたのだが、

「落ち着いて考えてみると、わたし、吹き矢を吹いたことないんですよ！」

そりゃそうだ。この国に居住していて、吹き矢を吹いたことあるひとのほうが少数派だろう。

一度もやったことがないのに、あたかも自分がやったことがあるかのように錯覚させられてしまう、うまいイメージ喚起術。

「吹き矢を吹く要領で」という指示は、まさにそれだな、とひと

しきり語りあう。

「で、人間ドックの結果はどうだったんですか？」

「ありがたいことに、さしたる異常は見つかりませんでした」

「それはよかったですね」

しかし、吹き矢でライオンを倒すサバンナの戦士には向いていないようだなミンクとスカンク氏。と思ったのであった。

目撃談

06.23

京都のホテルで生々しいものを目撃した。チェックインのため、ロビーにいたときのことだ。

人品いやしからぬおじさんと二十歳ぐらいの女性が、つれだって現れた。おじさんはチェックインの手続きをし、女の子のほうはロビーの椅子《いす》に腰掛けて待っている。我が脳内はもちろん、疑問符の嵐《あらし》だ。

親子？　親戚《しんせき》？　出張中の上司と部下？

どれも否《いな》！　血縁関係にはない感じの二人の距離。おじさんはスーツ姿で、女の子は下着みたいなワンピース。まだ夏じゃないのに、下着みたいなワンピース！（しつこい？）　女の子の顔からビミョーに表情が抜け落ちてるのも気になる。

そう、明らかに、「おじさんが女の子を買った図」にしか見えなかったのである。

うわあ、どうしよう。いや、どうしようったって、見て見ぬ振りをするしかないのだが、なんだかモヤモヤと胸にわだかまる気持ちがある。おい、おっさん！　と胸ぐらを摑《つか》みあげてやりたいところだ。

おっさんと女の子はそのまま客室階に消えた。

ああー、私の勘違いだと思いたい。モヤモヤ。

私は夕飯を食べに出かけ、四時間後ぐらいにホテルに戻った。すると！ホテルのまえの横断歩道で偶然、ホテルから出てくる女の子とすれちがったのだ。女の子は一人で、夜の町を歩いていった。

やっぱり！　あのおっさん、きっと家族や会社には出張だと言っておいて、いや真実、出張だったのだろうが、ただ出張していただけではなかったのだ！　ぐおおー。なんて人品いやしいおっさんだ。

勘違いじゃなかったことはほぼ確実になったが、モヤモヤは増した。

ああいうおっさんを、ぎゃふんと言わせてやる方法はないものか。おっさんが胸と股間《こかん》を高鳴らせてシャワー浴びてる隙《すき》に、女の子と私が入れ替わるとか？　さぞかしぎゃふんと言うであろうよ、くすっ。

下着みたいなワンピース姿でベッドに仁王立ちし、糾弾する俺。ワンピースの腋《わき》のあたりからはみでた（胸ではない）肉を見て、目がつぶれるおっさん。

貴様にはいいお灸《きゅう》だ！　さあ携帯を貸せ、奥さんと会社の社長に電話するから！

というようなことを想像し、モヤモヤを少し晴らした。

こんな夢を見た。九

06.24

私は四徳《しとく》と野宮という男と同棲《どうせい》している。

正確に言うと、四徳と同棲しようと思ったら、四徳にくっついて野宮もやってきたため、三人で同棲することになったのである。

私たちはみな、市役所づとめだ。役所というのは、なかなか風紀にうるさいところで、男二人と同棲しているとあれこれ言われる。男一人女一人で同棲していたり、男同士や女同士で同棲していたりしても、なにも言われない。女一人と男二人で同棲していると、上司がなぜか私にばかり「いかがなものかね」と言う。私は四徳と同棲したかっただけであり、野宮ははっきり言って私にとっては邪魔者であり、四徳と野宮の家での仲のよさを見るにつけても、上司の小言は理不尽であると思えてならない。

なんだか面倒になったし、またべつの男と同棲すればいいかと考え、四徳と野宮を毒殺することにした。

カレーを作り、四徳の皿にはドッグフード（乾燥してるタイプ）を、野宮の皿にはキャットフード（乾燥してるタイプ）を混ぜて出す。二人は毒（ドッグフードおよびキャットフード）が混入してるとは露とも思わぬ風情《ふぜい》で、わしわしとカレーを食べる。私は非常にドキドキしながら、二人が食べるさまを眺める。早く毒が効いてくれればいい。しかしこの毒は遅効性なのだ。二人が苦しむのを見たくない気もしたので、冷や汗をかきながら「買い物にいってくる」と言った。二人は笑顔で「いってらっしゃーい」と言った。

バスに乗って、町をひとしきりめぐってから帰宅する。家のなかは暗い。使った食器は丁寧に洗いあげられている。気配を感じてトイレを覗《のぞ》くと、四徳が苦しんでいる。四徳は私に気づき、「もうすぐ死ぬよ」と言う。「野宮は？」と聞くと、「さっきまで苦しんでいたけど、出ていった。人目につかないところで死ぬつもりだろうから、安心していい。死んでほしかったんだろ？」と言う。私が黙っていると、四徳はふらふらとトイレから出て、「じゃ、さよなら」と廊下を歩いていった。ドアが開閉する音がし、それ以降、四徳と野宮を見たものはいない。

しばらくは、ばれるんじゃないかとびくびくしていたが、ひとを二人毒殺したという事実にすぐに慣れた。殺しておいておかしなことだが、四徳と野宮に会いたいなあと、たまに思ったりもした。

十年ほどが経ったある日、バスに乗っていると、うしろの席から声をかけられた。四徳の声だった。

「きみは決して、振り返らないんだねえ。道を歩いてるときも、ホームで電車を待ってるときも」

そのとおりだ。うしろにいつも、四徳と野宮がいるような気がするからだ。

振り返らずにバスを降りた。膝《ひざ》の力が抜けた。

殿の顔

06.25

日曜日に本宅に帰る。帰ると必ず、『風林火山』(※57)を見る。おも

(※57) 二〇〇七年放送のNHK大河ドラマ。文中の「殿」とは、武田信玄のこと。演じたのは歌舞伎役者の市川亀治郎(現在は猿之助)さんである。

しろいよな〜、このドラマ。

で、昨日ひさしぶりに本宅で見たのだが、ある登場人物が画面に映ったとたん私は、

「えっ、石黒賢⁉　でも胸毛がない！　剃《そ》っちゃったの？　どうして！」

と叫んだ。

母が、「落ち着きなさい」と言った。

「これは石黒賢じゃないわよ。内野くんよ」

なるほど。よく見たら、『風林火山』の主演、山本勘助役の内野聖陽であった。

いや、似てるって！　今回はじめて気がついたけど、石黒賢と内野氏ってちょびっと似てるって！　それにしても、胸毛の有無で石黒賢を認識してるってどうなのだ自分。

ちなみに内野氏って、V6の森田剛ともちょっと似てないか？

ということは、石黒賢≒内野氏≒森田剛なのか。こう並べると、全然ちがうということがわかるのだが……。

ずっとテレビを見ていないと、芸能人の顔の見分けがつかなくなる。ずっと会ってない孫に会うと、じいちゃんばあちゃんって一瞬、「ええと、この子はどの孫じゃったかなあ」って考えちゃう。あの感じ、よくわかるようになった。人間の顔は日々、変化するのである。離れてみてはじめてわかる。私にインプットされていた「四年ほどまえの芸能人の顔」と「いまの顔」とは、まったくちがうのだ。特に芸能人の場合は、役柄によって印象もまったく変わるから、判別がすごく難しい。

『風林火山』を見ていて、千葉真一を千葉真一だと認識できなかったときは、自分がボケたんじゃないかと本当にショックだった。逆に、瞬時に判別できたのは伊武雅刀と藤村志保だ。母いわく、

「顔面が落ち着いてる年齢のひとだからじゃない？」

とのこと。千葉真一だって落ち着いていい年齢だと思うがな。

ところで殿の顔って、いつも魚眼レンズで映してるみたいに見えないか。たとえば殿と勘助が対話してるシーンで、カメラがパッパッと両者のあいだで切り替わる。そういうとき、殿を映すま

えにレンズをいちいち魚眼に替えてるとしか思えない。迫力のあるのっぺり顔で、もちろん私は好きだ。のっぺり顔同盟の一員として応援している。殿が台詞《せりふ》を言うたびに、「殿、たっぷり！」とテレビの外から声援を送っている。

また買っちまった

07.01

またも漫画やら小説やらを大量に買っちまった。我慢できんのか？　できん！

『群青学舎《ぐんじょうがくしゃ》』（入江亜季・エンターブレイン）の二巻☆が出ていた。いいよなあ、この漫画。二巻に収められた話のなかでは、私はむろん、『北の十剣』が一番好きだった。私の好みは、こういう気が強くてきれいで有能なお姫さまと、薄汚れてワイルドで剣の腕が立つけど優しくてちょっと弱腰な男ですよ、ええ、ええ、悪いですか！（だれもなにも言ってないってば）

☆『群青学舎』は四巻で完結。粒ぞろいの、とても楽しい作品集だ。

しかしなんだ、抜群に絵がうまいな。同じく天才的画力の持ち主である、萩尾望都《はぎおもと》の八十年代の作品（『銀の三角』とか『マージナル』とか）を、このひとが描いたらどんな感じになるんだろう、などと、あまりのうまさによく意味がわかんない想像を思わずめぐらせてしまうほどだな。

ＢＬ小説では、沙野風結子《さのふゆこ》の『融愛』にいろいろ考えさせられた。実の兄弟物（弟×兄）だった。私が苦手とする近親相姦《そうかん》物！　なのに買ったのは、この作者がデビュー作から丁寧な書きっぷりで好きだからとか、水名瀬雅良《みなせまさら》の挿絵に弱いとか、年下攻だと苦手感もやや薄れるとか、そういう理由である。

で、それなりにハードなＨシーンもあるし、読みながら「どこかで、『本当は血がつながってないんだ』って判明してくれ！」と願っていたが、本当に真実、実の兄弟で「あわわわ」だった。

しかーし！　この話について言えば、実の兄弟じゃなきゃテーマが活《い》きないのだ。というか、近親相姦物のテーマってのは、そこに設定するとまだまだ追求すべき物語が生じるのか！　ってののが、この話を読んではじめてすとんと胸に落ちたのだ。

それは、弟が兄にこう言うシーンである。

「家族を自分たちだけで作ったんだ」

そうか！　そうなんだよなあ。近親相姦物のキモはそこなんだなあ。なにが「そうなんだよなあ」なのか、ちっともわからん、という声が聞こえてくる気もするが、私は蒙が啓かれる思いがした。

近親相姦物が好きなひとは、「家族が分散拡大していかない濃密さ」に、一種の憧《あこが》れを抱いているのではないか。気持ちはわからなくもない。私が近親相姦物を苦手とする理由も、まさにその一点にあるのだけれど。

さらにBLだと、当然「兄と弟（同性のきょうだい）」なのである。子どもができることはないのである。近親相姦がタブーとされている理由のひとつは、血が近しい相手とのあいだに子どもができる可能性をなるべく少なくするためだと思われるのである。ということは……？　うん、これは自分でももっと考えるべき課題だな。心の帳面にメモしておこう。

ＢＬは本当に、我が脳みそと感性に刺激を与える。すばらしいぜ！

ひとつだけ言えるのは、どこまでを「近親」と見なして「相姦」をタブー視するかの基準は、「富や権力を集中させたい（あるいは富や権力を拡充させたい）」というその社会の意志と、密接に関係しているということだ。だから時代や階層によって、近親相姦のタブーの基準は変わってくるのだろう。

抗議の作法

07.03

友人あんちゃんから電話をもらい、互いの近況などを機関銃の勢いで語りあう。

あんちゃんは最近、悪所通い(※58)がやめられないらしい。

「なじみの川島くん、呼んどくれ」

「あれ、旦那《だんな》さん、またですかい。あんたもお好きですなあ、こ

（※58）映画館の川島雄三特集にほぼ日参すること。ほとんどすべての作品を見てるというのに、また日参。

のこのぉ〜」

「おきゃあがれ、照れていけねえ。すぱー（煙管《きせる》を吸う）」って感じらしい。雄三相手じゃ、いたしかたないな。魅力的だもんな。

「しをんちゃんは、このごろどう？」

「仕事が終わらねえよ。エンドレスエンドだよ」

「困ったねえ。なんとかしようはないの？」

「そうだなあ」

　ということで労働条件改善のため、抗議の方法を考えてみることにした。「労働条件改善」ったって、俺の仕事ぶりがのろすぎて、勝手に自分の首絞めてるだけなんだが、まあそれは置いといて、だ。

「ストとか起こしてみたらどうかな」

「一人でかい」

「一人でさ。一人で電車やバスを停めてやるのさ」

「ふむ。そのあと、団体交渉だな。一人だが」

「ハンストも有効じゃないかな」

「一人のハンストってのは、これまたえらくさびしいな。家でハンストしてもだれも気づいてくれなくて、ダイエットとどうちがうのかわからんが、まあいい作戦だ。もっと過激に、焼身自殺って手もあるぜよ」

「一人でガソリンかぶって燃えあがる。なにに対する抗議なのか、これまたわかってもらえなさそうだけど」

「遺書を残しておけばいいさ。しかし、遺書も一緒に燃えちゃうと困るな」

「『あら、迷惑だよ。うちに延焼しなくてよかった』とか言われたら、元も子もないからね。焼身自殺の場合、遺書をいかに安全圏に確保するかが大切、ということが判明した」

「うむ。この会話から得た成果だな。しかし安全圏に置きすぎて、だれにも気づかれぬまま風に飛ばされたりしたら、また困るよ」

「重石《おもし》を載せておいたらいいんじゃない」

「重石がでかすぎて、遺書がいつまでも発見されなかったりしてな」

「……団体交渉ぐらいまでにとどめておくか」

「んだな。一人だけどな……」

称　号

07.04

弟に、「おい、メタ坊！」(※59)と呼ばれた。うるせいやい！

(※59) メタルでもメタフィクションでもなくメタボリック。

拾い物

07.04

電車でおじいさんが大荷物を網棚から下ろそうとしたところ、中身が飛びでてちょうど私の足もとにスライディングしてきた。

開封前のスルメイカ（姿干し）だった。

どうしろと……？

どうしようもないから拾っておじいさんに手渡すと、おじいさんは「どもどもども」と、田中角栄じみたアクションとともに礼を言った。

いえいえ、どういたしまして。

字幕か吹き替えか

07.12

友人Kと近所で飲む。

Kは最近、DVDの販売をしている。その店での経験によれば、大学生ぐらいの若者はほとんど全員、洋画のDVDを買うとき、「これ、日本語ついてますか？」

と聞くのだそうだ。Kは最初、どういう意味なのかわからなかったのだが、つまり若者は、字幕ではなく吹き替えで映画を見るらしい。理由は、「読むのが面倒だから」。

へえ、と思った。私は基本的に、日本語以外の映画は日本語の字幕で見る。『ロード・オブ・ザ・リング』は、映画館において字幕でも吹き替えでも見たけれど。しかも複数回ずつ。そのときに、「吹き替えってのも楽しいものだな」と思いはしたが、やはり映画館に行って、字幕と吹き替えと両方ある場合だと、これまでの習慣から字幕のほうを選んでしまう。だいたい、吹き替えがつくのって大作系が多いじゃないか。そうじゃない作品を見るときはどうするのだ。見ないのか。そうか……。

習慣はゆるやかに変化していく。弁士が消えていってしまったように、字幕もいつかなくなってしまうのかもしれない。

よろしく哀愁。

07.12

老い

よろしく哀愁な感じなのは、Kと迫りくる老いについても語ったからだ。

両親がボケてきてて、たまに本宅に帰ると、やつらが代名詞の迷宮的会話をしているのに出くわす。「介護」という言葉が急速に現実味を帯びだしている。いやだ。それにも増していやなのは、このごろ自分が、おしっこを我慢できなくなったことだ。最近とみに頻尿になった。これが尿漏れというもの？（まだ漏れてはいないが）

もしかして、腹まわりについた肉が膀胱《ぼうこう》を圧迫しているせいではないかと思い当たる。年取ってこらえ性がなくなっただけかもしれない。いずれにせよ、頻尿になった原因に明るい要素は見つからない。「老老介護」という言葉も、急速に現実味を帯びだしている。

生きろ。

いやあ、そう言われても困っちゃうよヤックル。あ、ちがった。「生きろ」って言ったのはヤックルじゃなくてアシタカだ。だいいちヤックルはヤギみたいな獣だ。言葉は話さない。『もののけ姫』の登場人物名すらおぼつかなくなってきた。これはまあ、おぼつかなくてもいいか、という気もする。

なんじゃそりゃ　07.14

母が「バンベル、バンベル」と言っている。
……ダンベルだ。
と小声で訂正しておいた。

川島の鬼　07.19

今日はあんちゃんが悪所通い(※60)に誘ってくれたのに、行けなかった。火宅で仕事しつづけている。くそぅ、見たかったのになあ、『青べか物語』と『グラマ島の誘惑』！

「いかがなもよう？」と電話をくれたあんちゃんに、無念の思い

(※60) 結局、あんちゃんはかなりの金額を悪所通いに費やしたとのことだ。

をひとしきり訴える。あんちゃんは、「また機会があるよ」と慰めてくれたのち、

「私、雄三グッズを作りたいと思ってる」

と言いだした。

「えっ⁉」

それは……、なじみの遊女に着物を作ってあげる、みたいなことか？

「雄三(※61)Tシャツとか、雄三バスタオル、ハンドタオル、フェイスタオルなどなど、いいと思うんだー」

夢を語るあんちゃん。どうやら、「着物を作ってあげる」という方向ではなく、「なじみの遊女の絵姿を常に手元に置いておきたい」という方向のようだ。

「ゆ、雄三バスタオルには、やはり等身大の監督の写真がプリントされてるわけね？」

「そうそう。ベッドに敷いて添い寝気分。きゃっ」

「となると、フェイスタオル使用時には接吻《せっぷん》気分を味わえる、

（※61）川島雄三監督は見た目もたしかにかっこいいのだが、タオルにプリントしたいタイプの外見（例：キ○ィやス○ーピーなど）かというと、もちろん全然そうではない。

と」

「うきゃーっ。あと、雄三マグカップは絶対に必要だと思うの」

なぜ「絶対に必要」なのかわからないが、「う、うん」と答える。

「じゃあ、川島組メガホンとかも欲しいところだね」

「いいね、それ！　カチンコも欲しい」

「カチンコ……。日常生活でどう使えばいいのかな。火の用心とか？」

「部屋でカチカチ鳴らす！　近所から不気味がられる！　でも鳴らす！」

と、あんちゃんはヒートアップしている。「ノッカーがわりに、玄関先にかけておくのもいいかも。黒板部分に、『外出中』とか書いておけるし」

「『棲息中』とか」

「『下の畑にいます』とかね」

下の畑ってどこだよ！　ないよ！　そしてそれは宮沢賢治だ

よ！

あんちゃんの携帯の待ち受け画像は雄三だそうだ。年下の友人に、「それ、だれですかぁ？」と聞かれて、もごもごしてるそうだ。

「もう、彼氏だって言っておくといいと思う。白黒写真だがな」

「鬼籍だけどね」

報われぬ恋。だが、あんちゃんは悪所通いをつづけるのであった。俺も行きたかった……（ループ）。

殿、ひたすら

07.23

殿[※62]の演技に瞠目《どうもく》しておる。「うぃとうがーくうぃー、うぃとうがーくうぃー（板垣ー、板垣ー）」って殿が悲嘆に暮れるたび、笑いをこらえる母と私は鬼でござる。にしても殿、たっぷりすぎ。そこがいいのでござるが。

（※62）『風林火山』の話でござる。

飛び飛びに見ているせいか、どうしてこんなに戦に明け暮れているのかがわからん。「戦国時代だからよ」と母。しかし私は知っている。弟の密告によると、母は最初、

「これ、江戸時代の話なんでしょ？」

と言っていたらしい。あほでござる。

来週は景虎《かげとら》さまが出るようなので、ぜひともまた本宅に行きたいところだ。選挙もあるでな。ふと疑問に思ったのだが、なぜ殿は越後と戦う必要があったのでござるか？　中心地は西だったわけで、わざわざ日本海側に攻め入らずともよいではござらんか。どうなのじゃ勘助。

……いま日本地図帳を見てみた。あ、攻め入ってきたのは景虎さまのほうだったのかな。わざわざ南下せずとも、日本海側沿岸を西進して京の都に入ればよいではござらぬか。

まあ、そうもいかない事情がもちろんあったのだろう。やっぱり来週も見なきゃな！

セールス

07.25

ここ一週間ほど、急にあちこちからセールス電話がかかってくるようになった。これまでは「飾りかな?」というぐらい、頑《かたく》なに沈黙を守っていた火宅の電話機だというのに！　いったいどこから電話番号が漏れた?

しかしセールス電話はほとんど、一戸建てに住む家族に向けたものだ。どうやら、以前にこの番号を使っていたひとがいて、セールスする側は、「お、そういえばこの番号にまだ電話してなかったぞ」と気づいたということらしい。

IHコンロも家賃収入が見込めるマンションの購入もお子さまに最適な個人塾も、私には無縁だ！

ドス黒い話を必死こいて書いてるときに、コンロとかマンションとか塾とか言われると、「滅びろ！」と思う。〆切《しめきり》など滅びろ！

オチ

07.29

知人某さんが、

「私は夫（年下）と結婚するとき、『このひとなら、「女は働かずに家にいろ」とも言わないだろうし、自由でキラキラした新しい精神を持ってそうだな』と思い、決断したのです」

と言った。一同、「ふむふむ」と食いつかんばかりに拝聴する。

「しかし子どももでき、互いにそれなりに年を重ねたいま」

と某さんはつづけた。「あの決断はなんちゅうかこう、間違いであったのではないかと……」

「えーっ」

騒然とする一同。「なぜそう思うんですか！」

「自由でキラキラした精神と見えたものは、つまり若さゆえのきらめきだったのです。年取るとだれでも、きらめく精神は失われます」

以上。と言わんばかりに、ニコニコと話し終える某さん。

「オチがないだろう！」

と私は吠《ほ》えた。「年を取ってもきらめきを失わないきらめきを見分ける方法とか、年を取ってもきらめきを失わせずにすむ方法とかですね、そこんとこを聞きたいわけですよ今後の参考に！」

「えー？」

と某さんはしばし考え、言った。「そういえば私、夫のきらめきに甘え、潤《うるお》いを与えなかったですね。放置してたというか。そこは反省点です。適度に潤いを与えるのが肝心かと思われます」

一同、某さんの反省とアドバイスにやや不満を抱きつつも、なにか有無を言わせぬ説得力を感じたのであった。

すべての物語にオチが用意されているわけではない。それが日常生活となると、なおさらである。

確たるオチがない。それこそが、やるせなくも愛《いと》おしき日常における真実の一面を突いているのであるなと、深く得心したのだった。

今月（残りわずかだが）の標語。

「どんなサボテンでも、まったく水をやらなきゃ枯れる！」

こんな夢を見た。十

07.29

母と二人で、雑居ビルの屋上に立っている。ビルの面積は一畳ほどしかない。

(※63)三百六十度、ビルが建ち並ぶ平野である。眼下に密集したビルの窓が、光を反射して輝いている。空は灰色の雲に覆われ、薄日射《さ》す空気は黄色くモヤがかかっている。春の午後のきらめく大海原を見下ろすような景色だ。

　と、ビル群の一角に、巨大な空気の柱が立つのが見える。なにかの爆発が起こったのか、窓ガラスが粉々になって空に噴きあがり、空中で光をきらきら弾く。だが、炎は見えない。天と地はゆらめく空気の柱で結ばれる。柱のそばを真っ白な鳥が一羽、舞っている。「あ……」と思うまに、ゆっくりと拡大する柱に飲まれ

(※63) 新宿パークハイアットのラウンジから見える光景を思い浮かべられたし。一畳ほどの面積しかないのに、パークハイアットぐらいの高層ビルとは、風で倒れるんじゃなかろうか。

鳥は消失する。

音はない。柱はどんどん直径を広げ、街を飲みこんでいく。私たちのいるビルにも、柱は壁のようにそそりたって迫ってくる。このままでは危険だ。しかし逃げる場所はない。爆風に飲まれて吹っ飛ばされるしかない。熱いだろうなと思い、無駄なことは知りつつも、

「お母さん危ない!」

と、母を引っ摑んで覆いかぶさるように、二人して屋上にしゃがみこむ。

大風が吹き抜け、視界が黄色く染まった。息を止めてやりすごす。風の温度がぬるいのが不気味だ。

なんだったんだろう、とあたりを見まわす。屋上のコンクリートもビルの壁面もひび割れ、街からは完全に物音が絶えた。鳥も人影も走る車の姿も見当たらない。

「ねえ、しをん。お母さん、おしっこしたい」(※64)

と母が言った。


(※64) むろん、目が覚めると同時に尿意を覚えた。おしっこしたかったのは、私なのである。

それどころじゃないだろ！　と憤激が襲った。

本日の殿

07.29

本日の殿は、ちょっと控えめであったでござるな。とはいえ、ただ「越後で鉄砲売りの行商をする」と言ってる勘助に対し、「どぅえかすぅいたー！（でかしたー！）」って勢いで褒めておったがな。憎めない殿でござる。

　はじめて見た景虎さまは、そつのない感じでござった。いや、びみょーに浮いてましたよ？（↑それを言うなら殿もだけど）兄者じゃなく景虎さまが肺病なのかなって顔色でしたよ？　でも、それがガ〇ト(※65)だ。俺はガ〇トはちゃんとやると思ってた。そつがないもん。そのそつのなさの内実は、「完璧《かんぺき》に自分ワールドを追求するがゆえに、さすがに他者はツッコミをためらう」ていうものなんだが、私はそこが好きだ。たまに、「もしかして私、過剰

（※65）「ガ〇ト」の〇のなかには、スではなくクを入れて読んでください。

なひとや物が好きなのかな（過剰に過剰とか、過剰に欠落とか）」とふと我に返ったりもするのだが。

オルグ

07.29

過剰を愛する私ではあるが、日常を送るうえで大事なのは基本的に「中庸」であると思っている。

本日は選挙に行った。中庸の精神のもと（？）、冷静に一票を投じた。事前の下調べが徹底してなかったため、投票所で選挙公報を借りて熟読するありさまだったが。

選挙公報を貸してくれた兄ちゃんは、投票する人々を監視する立場にありながら、隣に座った姉ちゃんとイチャイチャしてやがった。そんで、私が返した選挙公報で、飛んできた小さな虫を「やべっ、虫だ、超やべっ」と言って叩《たた》き殺していた。投票所にいる見張り役のひとたちって、どういう基準で選ばれてるのだ？

ところで先日、渋谷でタクシーに乗った。また運転手さんが熱かった。

「お客さん、今度の選挙行く？」

「もちろん行きますよ。私、あらゆる選挙にほぼ毎回行ってますからね」

「えらい！　あんたえらいね！　で、どこに入れるの？」

「……え、まだ決めてませんが」

「自○党はダメ！　絶対入れちゃダメ！　あいつらたるんでるよ！　年金どこ行っちゃったんだよ！　問題発言連発だよ！　こいつらで政権変えるべきだ！」

「は、はあ……。それで行くと、運転手さんはやっぱり民○党に？」

「うん、そうね」

「しかしまあ、たとえ民○が政権取っても、結局は自○と変わらない気もしますけど」

「変わんないね！　だってあいつら、もとはほとんど自○だもんね！　でもさ、社○ってのも弱いし、共○が政権取ってもそれもまた微妙にたじろいじゃうし、公○は俺、宗教ちがうし（あわわ）、ほかにないでしょ」

「消去法で民○、と」

「うん、そうね。お客さんも民○入れなよ」

　この運転手さんはきっと、客が乗るたびに反自○活動を繰り広げているのであろう。まさに草の根運動だ。

　私がタクシーの運転手さんを、「このひと、おもしろくて好きだな」と思う確率が高いのは、彼らが過剰な熱さと一家言と迫力を胸に、毎日街をひた走っているからかもしれない。

おまけコーナー

その二
「スポーツクラブＹＯＭＵＺＯ《よむぞー》」

日々、際限なく漫画を読み、限界を知らず肥えていく。

このままではいけないのではないか。脳内スポーツクラブで汗を流す自分に「よしよし」と思ってる場合じゃないのではないか。

しかし、現実のスポーツクラブに通ってスポーツをするのは、しんどい。

私をスポーツに駆り立てさせるためには、いったいどうしたらいいのか。熟考のすえ思いついたのが、今回紹介する「スポーツクラブＹＯＭＵＺＯ」だ。運動は苦手だけど漫画は大好き、というあなたに、おすすめの健康施設です。

「ＹＯＭＵＺＯ」は広大な体育館で、バスケットコートやイタリアの街並みやトキワ荘の一室などがあります。え、体育館のなかにイタリアの街並みやトキワ荘の一室があるのは変ではないかって？　変ではない！　まあ聞いてくれたまえ、「ＹＯＭＵＺＯ」のすごさを。

「ＹＯＭＵＺＯ」に入会すると、鉄腕アトムが印刷された会員証をもらえる。鉄腕アトムの鋼鉄のボディとマッハのスピードと優しい心は、会員みんなの憧れだ。会員証の裏はスタンプカードになっており、年間百回通うと、「当代人気漫画家十人そろい踏み！　複製原画セット」が漏れなくもらえる。十人の内訳は、各自お好みの漫画家を思い浮かべてください。コースはその日の気分によって、自由に選ぶことができる。たとえば『スラムダンク』コース」を選んだあなたは、更衣室で湘北高校のユニフォームに着替えてこよう。そしてバスケットコートで、「左手は添えるだけ」の庶民シュートを二千回練習してください。かなり腕が痺《しび》れてくると思うが、諦《あきら》めたらそこで試合終了です。

「『ジョジョの奇妙な冒険』コース」を選んだあなたは、更衣室でおしゃれなスーツに着替え、イタリアの街並みに立とう。そして、千手観音もかくやの伝説のジョジョパンチを連続で繰りだすのです。肩が脱臼《だっきゅう》しそうになると思うが、「途中でやめるか、人間をやめるか、どちらかだ！」という意気込みで貫徹してください。

「『トキワ荘』コース」を選んだあなたは、更衣室で毛玉ができたセーターと膝の抜けたズボンに着替え、トキワ荘の一室に籠もろう。いまから一週間、口にできるのは水とキャベツだけですし、睡眠も一日十五分しか許されません。そのうえ原稿を三百枚仕上げなければならず、「いっそひと思いに殺してくれ」という心境になると思うが、トキワ荘の先生たちの壮絶な努力があったればこそ、いま私たちは豊饒《ほうじょう》の漫画の海のなかで青春を謳歌《おうか》できるのです。ちょっと過酷な断食《だんじき》道場だと考えれば、なにほどのこともありますまい。

　こうして、無事にそれぞれのコースのノルマを達成したあなた。おめでとうございます！「ＹＯＭＵＺＯ」のために特別に描き下ろされた新作漫画を、十ページだけ読むことができます。「つづきを読みたい！」とたまらない気分になったあなた。明日のご来店をお待ちしています。再びコースを自由にお選びいただき、ノルマ達成を目指してください。さぼっている暇はありませんよ。当代の人気漫画家百人（内訳は各自のお好みで）の協力を仰ぎ、描き下ろしのラインナップは毎週入れ替わるのですから！

　先生がたの漫画が読めるのは「ＹＯＭＵＺＯ」だけ！　というわけではないですが、「ＹＯＭＵＺＯ」のために描き下ろしていただいた漫画が読めるのは「ＹＯＭＵＺＯ」だけ！

　ただいま「お試しキャンペーン」中につき、入会金無料。会費は一カ月八千円です。これで五十からあるコースをすべて体験でき、しかも「ＹＯＭＵＺＯ」限定漫画を読めるのだから、大変お得。施設内には、「海原雄山食堂」や「社長島耕作のカウンセリング室」も併設されているので、みなさまお誘いあわせのうえ、ぜひ「ＹＯＭＵＺＯ」へ！

　どうだ。いける。これなら私もスポーツする！　痩《や》せられる！

　あー、だれか「スポーツクラブＹＯＭ

UZO」を作ってくれないかな。六本木ヒルズとか東京ミッドタウンとかを建てる資金と土地を、ちょっとこっちにまわしてもらってさ。

などと夢想するうちに、本日も一歩たりとも部屋から出ないまま日が暮れる。

三章

河童《かっぱ》は川遊びに興じる

桃食い

08.04

そうだ、昨日から一日一個、桃を食うことになっていたんだ、と思い出し、深夜にもかかわらずノルマぶんを食った。うまうまうま。

おらは果物のなかで桃が一番好きだー！

しかも腐りかけぐらいのやつが好きだー！

俺の独自の統計からすると、グジュグジュの柿《かき》が好きなひとは、桃も腐りかけを好む。逆もまたしかり。けれど、柿は硬いのが好き(※66)で桃はやわらかいのが好き（またはその逆）、というひとには、未《いま》だお目にかかったことがない。

冷やした桃に、皮を手でむいてかぶりつくと、幸せ～って気分になるなあ。この桃は近所の八百屋《やおや》さんで、四個五百八十円で買った。一個百四十五円か……。桃としては若干安いような気がする。たぶん、少し腐りかけだったためと思われる。「早く買って

（※66）友人なっきーから、「いや、あたしは、桃は硬いのが好きで柿はグジュグジュが好きだよ」とメールをもらう。早くも定説崩れたり！

ー、早くたべてー」と言わんばかりに、特売されていた。うんにゃ、まだまだ！

慎重に熟成具合を監視しつつ、一日一個食べることにしたのである。あくまで腐りかけであって、腐ってるわけじゃない。甘くてジューシーだわぁ。うまうまうま。

いま思い出したが、私は子どものころ、よく熟した甘いミカンや桃を見きわめるのが、ものすごく得意だった。あの特技はなんだったのだろう。嗅覚《きゅうかく》？ 食い意地？

08.04

すごいぞこの漫画！

すごい漫画に出会ったぞ。三宅乱丈《みやけらんじょう》の『イムリ』（エンターブレイン・四巻まで発売中）☆だ。

分類はSFファンタジーってことになるのかな。でも分類なんて無用だ！ 世界観といいキャラといい、すべてが素晴らしい。

☆『イムリ』は現在、二十二巻まで発売中（KADOKAWA）。「目が離せない」とはまさにこのこと……！ という展開になっている！（興奮）

ストーリーの説明はヤボだから省くが、とにかくみな読むといい！（なにさま？）いや、すみません。素晴らしすぎてちょっと古墳しちゃったよ。なんだ、古墳って。正しくは、興奮しちゃったよ、だ。

三宅乱丈の作品は、シリアスもギャグも、そこはかとなき哀感と期せずしてほとばしる狂気と物語のダイナミズムとを兼ね備えている。『大漁！　まちこ船』（講談社）も『秘密の新選組』（太田出版）もそうだ。そしていままた、『イムリ』のすごさに改めて瞠目《どうもく》したのであった。

ところで、西田東の『天使のうた』（新書館・全二巻）も目を離せないぞ。

西田東の漫画は、絵もストーリーもネームも、どんどん研ぎすまされていっている。なんというか、少女漫画が（この作品はBLだが）、現代を生きる女性が（西田東の性別を私は知らないが、たぶん女性であろう）、なにを描きなにを読みたいと願ってここ何十年かを過ごしてきたのかが、ビンビン伝わってくる作品だ。

私たちの叫びに、現実は応《こた》えてくれただろうか？　私は現実を生きるうえで、少女漫画が投げかけつづけている課題を少しでも改善すべく努力できているだろうか？　しばし黙考せずにはいられない。

「あとがき」漫画のおもしろさもあいかわらずで、西田氏のSF に対する嘆き節は、そのまま我がものとなった。

あんなに傑作SF漫画を読んできたのになあ……。実作のむずかしさよ。

無意識

08.09

あれっ、意識が飛んでいた。昨日、日記をつけたと思ってたのに、いつのまにか日にちが空いちゃってる。おかしいなあ。

あわてて手帳をたしかめたら、そのあいだも着々と仕事し、原稿を各所に送りつづけていたようである。えらいぞ、俺。がんばってるな、俺。今月は夏◯ミもあるし、気を抜かずにいまのうちに仕事せなあかんのや。餌《えさ》与えれば馬は走るんや。ぬおーぬおー。

読まねばならん本も山積みだというのに、昨日は竹宮恵子の『地球《テラ》へ…』（スクウェア・エニックス）を再読してしまった。友人なっきーとしゃべっていて、『地球へ…』の話になったのだ。遠い昔、なっきーが貸してくれて読んだきりだったので、新装版を買ったのが運のツキ。そうそう、「一粒の真珠 …地球《テラ》よ」！　号泣。私はもちろんソルジャー・ブルーが好きだったよ。初読時は、そのあとの話がほとんどオマケみたいに感じられたものだった。そうなると、オマケ部分がずいぶん長いな。

『地球へ…』を買ったときに本屋にいた女子高生が、最近の少女漫画を指して、「これやばいよ。マジ泣くよ」と友だちに強くお勧めしていた。その少女漫画は私も先日読んだところで、「なんじゃこりゃあ！　鼻紙にもなりゃしねえ薄さだなおい！」とひそかに悪態をついた作品だったので、大変驚いた。若者の精神の瑞々《みずみず》しいきらめきよ……。

言い逃れる

08.15

友人夫婦にお昼をごちそうしてもらった。うまうまうま。

友人は現在妊娠中で、昼食後に火宅からそう遠くもない産婦人科へ検診に行くことになっていたので、一緒についていき、病院からタクシーに乗って一人で帰ることにした。あまりの暑さに、バス停まで歩くのを断念したのである。

タクシーが来るのを待つあいだ、生まれてはじめて産婦人科の待合室に足を踏み入れた。スリッパがベビーピンクだった。

友人夫婦と別れ、やってきたタクシーに乗りこむ。すると運転手さんが、信号一個ぶん進んだところで、

「ふつうに走って大丈夫ですか」

と聞いてきた。一瞬考えてから、ようやく質問の意味がわかった。

「ああ、大丈夫ですよ。妊娠中の友人にくっついてきただけで、私は残念ながら妊婦じゃないのです」(※67)

(※67) 妊婦と見まごう体型ではあるがな。

　運転手さんは微妙に動揺を見せたのち、

「……病院から出てくるお客さんには、うかがうようにしてるんですよ。なにがあるかわかりませんからね」

　と自然な口調で言った。さすが接客のプロ。うまい切り返しというか言い逃れだ、と感心した。

　そこから運転手さんと、妊娠出産育児話になった。運転手さんには、子どもが二人いるそうだ。

「ご友人のかたも、こう暑いんじゃ大変ですね。夏に生まれると、赤ん坊が大変ですが。母親が大変か、子どもが大変か、どっちにしろ大変なことには変わりないですけどね」

「ほんとにそうですねえ。妊娠出産に楽な季節ってあるのかしら」

「赤ん坊にとっては、涼しくなってから生まれたほうが楽とは言いますがね」

　と運転手さんは言った。「うちの上の子は七月生まれなんですけど、生まれたばっかりのときに汗疹《あせも》ができちゃってねえ。寒さだったら、厚着させたりして対処できるけど、夏は赤ん坊にはつらいんでしょうね」

　運転手さんは、少年野球のコーチもしているらしい。

「練習を見てるとね、小学生の場合、三月生まれの子は不利なんですよ。四月生まれとは、一年の差があるでしょ。もう、体格も体力も全然ちがうから」

「昔はよく、三月末に生まれても、届けは四月になってからにしたって言いますけどねえ。いまも、そういうことってできるんでしょうか」

「どうでしょうね。でも、俺も自分の子が早生まれだったら、四月生まれってことにして次の学年に入れてやりたい気がしますよ。それぐらい、子どものときの一年の差はでかいね」

　これまでの学校生活で、私より足が遅かったり運動能力が低かったりする子にめぐりあったことがなかったので（ちなみに私は九月生まれ）、早生まれにそんなにハンデがあると気づけていなかったが、なるほど、そういうものなのか。「もういっそのこと、行きたくなったときに入学する、という学校システムにしちゃったらどうか」などと、運転手さんと語りあう。

それでいくと、私が小学校一年生の体育の授業に参加するのは、十二歳ぐらいのときがよかったんじゃないかと思う。十五歳で小学三年生の体育の授業になんとかついていき、あとは無期限見学。ついでに算数も、十五歳で小学校を卒業するぐらいのペースでゆるゆると進め、あとは無期限停学。できれば家庭科の裁縫も、高校三年間かけて雑巾《ぞうきん》一枚を縫う程度にしてもらいたい。そうだ物理も……。

キリがないので、もう退学ってことでいいっす。

08.16

やる気の低下

あー、やる気出ない。日の出前からパソコンに向かってるのに、一枚弱しか書けないつらさ。ここ数日、どうも微妙に集中力に欠ける。暑さのせい？　ま、いつの季節でもやる気と集中力に欠けるのだが。

それで、友人なっきーから借りた『おおきく振りかぶって』（ひぐちアサ・講談社）を既刊分すべて読んでしまう。おもしろいなあ、この漫画！　すごく人気があっておもしろい作品だと聞いてはいたが、こういう野球漫画だとは思ってなかった。野球部以外のひとのこととか、選手の家族のこととかにも、ちょっとずつ触れられていて、いいなあと思う。きっと細かい設定を膨大に作ってあるんだろう。

配球の駆け引きについては、私にはよくわからないのだが、読んでるうちにだんだん打者の気分になってきて、「次は……スライダーだ！」とか一人で叫ぶ。そんでページをめくって、やっぱりスライダーが来たりすると、「よっしゃ！」と拳《こぶし》を握る。握ったところで打てはしない。

しかし、実際の試合でキャッチャーがここまでボールの組み立てを考えてるのだとすると（考えてるのだろうけれど）、野球ってのは疲れるスポーツじゃのう、と思う。疲れないスポーツなど、スポーツではないが。どれだけ脳が疲れることであろうか、と阿部くんの表情や言動を微細に追うも、阿部くんは自然に脳みそをフル回転させているようだ。キャッチャーとは、キャッチャーになるべく生まれたひとの性格そのものを指して言うのかもしれん。

きっと阿部くんは、野球部で合宿してみんなでご飯を食べてるときも、「次は花井は……トンカツに箸《はし》をのばす！」「三橋はそろそろ麦茶を飲むころだ！」などと、「チームメイトが次になにを食べるか」をごく自然に予想するんだろう。それで的中すると、一人静かにミソ汁椀《わん》の陰でほくそ笑む。「田島だけは……パターンが読めん！」とか（↑田島は法則無視で本能の赴くままに箸をのばすから）。

私が好きなのは、もちろん榛名《はるな》先輩だ。協調性にやや欠ける、しかし自分の才能をのばすために努力を惜しまないキャラってすごく好きなのだ。次点で田島くん。天真爛漫《らんまん》で天才肌で天然なキャラってわりと好きなのだ。

マネージャーや監督など、女性の描きかたもすごくいい感じだ。自分でも既刊分を買い、新刊発売に備えよう、と決めた。

溶けてはいない

08.20

また日記をさぼり、「あいつ、この暑さで溶けたか?」と噂《うわさ》される(?)今日このごろだが、溶けてはいない。燃えつきたがな(夏〇ミで)。

今年は友人ぜんちゃんとホテルまで取って、夏〇ミ(※68)に臨んでしまった。お会い(※69)した知人たちに、「万全の態勢を築きすぎ」と笑われる。

まあな。めずらしくちょっといいホテルに泊まったので(自社比)、体力作りと称して、ぜんちゃんと一緒にホテルのプールで泳ぎまくる。その後は部屋で、夏〇ミ三日目をいかに効率よくまわるか検討会。こんなことにばかり熱心って、いかがなものか。

(※68) あ、買い物専門です。サークル参加はしてません。
(※69) 〇ミケはオタクの社交場。会場で必ず知った顔に出会うのである。

夏○ミ三日目の朝、私は前日に買った同○誌を宅配便でホテルから発送すべく（そんなに買うな）、段ボール箱を抱えて部屋から出ようとした。両手がふさがっていたので、ぜんちゃんがドアを開けるのを手伝ってくれた。そのとき、まだ伝票を書いていないことに気づいた。

「だめだ、ぜんちゃん。伝票書いてなかったや」

と、部屋に後戻りする私。

「それなら、引き出しに入ってたよ」

と、ぜんちゃんが探しだした伝票を渡してくれる。私は机に向かい、伝票を書こうとした。

「ああっ、ボールペンがない！」

「それなら、枕元《まくらもと》にホテルの備品があるよ」

と、ぜんちゃんがボールペンを渡してくれる。かいがいしいな、ぜんちゃん。私はありがたくボールペンを受け取り、いよいよ本当に伝票を書こうとした。そのとき突然、便意に見舞われた。

「うわー、ウン○したくなった。ウン○してくる！」(※70)

（※70）私には「宣言してからトイレに行く」という悪癖がある。

席を立ってトイレに向かった私の背に、ぜんちゃんはため息まじりに言った。

「どうでもいいけどさー。さっきからあなた、やろうとしたことすべてが中途半端《はんぱ》なままだよ。せめて用便ぐらいは完遂してきてね」

「ラジャ！」

持つべきものは、心の広い友人だ。

日光見ずして　08.28

結構と言うなかれ。昔のひとはうまいこと言うなあ！

というわけで、私は「結構」と言える身になったのである。日光行って東照宮を見たのである。

よく考えれば、というか考えてみるまでもなく、小学校の修学旅行でも日光行った気がするんだが、あまりよく覚えてない。なにしろ、かれこれ、にじゅう……げほげほ。なんでもない。

前回の日光体験をあまりよく覚えてない理由が、今回日光に行ってみてわかった。ちっちゃいのだ。いや、東照宮自体は巨大だ。敷地も巨大だし、門とか建物とかも巨大だ。そして建造物のほとんどすべてに、極彩色の彫物がついてる。すげえ。しかし、彫物がちっちゃい。「三猿」とか、入ってすぐの厩《うまや》にちょこっと彫ってある。「眠り猫」に至っては見逃すひとが多いらしく、「頭上！」って注意書きがしてある。そんぐらいちっちゃい。

なにかこう、細工を施した人々の執念と意気込みを感じる。たぶん、「家康公を祀《まつ》ろう」なんていう最初の動機は、みんな覚えてなかったと思う。ひたすら、己れの技を披瀝《ひれき》するのみ！　ライバルの彫りより緻密《ちみつ》に、派手に、写実性とデザイン性の兼ね合いの極地を目指して！　そういう腕自慢に夢中になっちゃったんだと思う。

その証拠に、奥の山のうえにある家康の墓は、すごく地味だった。戦国時代を生き抜いた偉大なる武将の質実剛健ぶりが地味目を選択した、と言えば聞こえはいいが、たぶん細工するひとたちが腕自慢に疲れて力つき、「山のうえはもういいよ。あそこ、なにがあったんだっけ？」と、うっちゃったというのが真相だろう（そうか？）。一番肝心なところなのに！

私は中ほどにある門（名称を忘れた）が気に入った。鯉《こい》や龍《りゅう》に乗ったおっちゃんたちが、これまた極彩色のレリーフになっている。ちっちゃいおっちゃんたちが、碁を打ったりもしている。すごく楽しそうだ。

家康の一生を彫ったものだろうかと思い、天ぷらを食って悶《もだ》え苦しんでるおっちゃんを探したのだが、いなかった。

団体客のガイドさんの説明を、端っこに勝手につらなって盗み聞きしたところ、「神仙思想」がどうこうと言っていた。そういえば、おっちゃんたちは中国風の服を着ている。家康の一生ではなかったのか、と納得する。

やっぱり、細工した人々は家康のことなんか忘れちゃってたようである。

曰《いわ》く不可解

08.28

これは生まれてはじめて見たのである。華《け》厳《ごん》の滝も見たのである。

小学校の修学旅行で日光に行ったときに、なぜ華厳の滝を見なかったのか。ずばり、水不足だったからだ。私たちが修学旅行に行った年は、華厳の滝が枯れちゃってたのだ。(※71)

しかし、同い年で別の小学校に通っていた友人ぜんちゃんに、「修学旅行で華厳の滝を見た?」と聞いたところ、「見た」というお答え。

おや? 水不足じゃなかったか?

ぜんちゃん曰く、「華厳の滝はちょろちょろと水が流れていた」とのこと。そんなしょんべんみたいな華厳の滝は、華厳の滝ではない。

やはり、我らの修学旅行は水不足の年に敢行されたようだ。

(※71) 中学の修学旅行のときは厳島神社が台風のせいで大破していて見られなかったし、高校の修学旅行のときは雲仙が噴火して普賢岳に登れなかった。地球の平和のためにも、私たちの学年は修学旅行などせず、教室でじっとしているべきだったのではないか?

そしていまに至る

08.28

そして夏休みを終え、いまに至るのである。おかげさまで原稿が遅滞し、ほうぼうに迷惑をかけてるのである。

でも、何年ぶりかわからん夏休みだったのだ。少なくとも一昨年、去年と休みを取った記憶がないのだ。たまのことなので、許してほしいのだ。日記なのに、だれに許しを請《こ》うているのか。

え？　貴様先週末も夏〇ミに行って休んでなかったか、だって？　馬鹿《ばか》言っちゃ困るよ、きみ。夏〇ミは夏休みとはちがうんだ。任務だ。たとえるなら参勤交代みたいなものだ。参勤交代の道中にある大名に、「ご旅行ですか？　楽しい夏休みを！」って声かけるやつはいないわけで、つまりは「休みじゃないのよコ〇ケは」なのだ！　……すみません、休みすぎおよび遊びすぎです。

欲望百貨店

08.29

新宿へ行くたびに、欲望百貨店（伊勢○）に寄っている気がする。仕事が終わって解散する段になり、「これからどこか行く予定が？」と聞かれるたびに、「ちょっと伊○丹へ。じゃっ」と、颯爽《さっそう》と（？）欲望百貨店方面へ歩きだしてる気がする。

今日は奮発して、欲望百貨店四階へ足を踏み入れた。ふだんは主に二階(※72)☆で買い物してるのだが、このごろなんていうか、似合う服がなくなってきた。若作りにも限界……げほげほ。なんでもない。

欲望百貨店の四階に、○ウ○ウがある。あれ、○ラダか？　まあとにかく、○ウ○ウ／○ラダがある。そこのベージュのコートがものすごくかわいかった。腿《もも》ぐらいまでの丈で、色も手触りも柔らかくて、カッティングもうっとりするぐらいきれいだ。

値札を見て眉間《みけん》に皺《しわ》が寄ったが、私はちょっとコートフェチなところがあって、辛抱たまらなくなった。いま持ってるコートは

（※72）先日、ひさしぶりに欲望百貨店へ行ったら、二階がヤング婦人服売り場から下着売り場へと様変わりしていて、大変びっくらこいた。
☆欲望百貨店はその後もさらに進化しつづけ、これを書いている時点では、二階は靴売り場などだ。地面を歩いていい値段なのか？　という宝石みたいな靴を、うっとり眺めている。いまの私の主戦場は三階なのだが、毎回迷子になってしまい、目的の店にたどりつけぬまま撤退することもしばしばだ。不戦敗。店の配置が複雑すぎる！

三つあり、どれも十年単位でしつこく着ている。ここにもう一着加えてもいいんじゃないか。ベージュのコートは持ってないし。「あたしももう大人だ」。自分に言い聞かせ、思い切って買うことにした。

でもそのまえに、試着せねばな。

店員さんに試着したい旨《むね》、申し出ると、彼女はおずおずと、

「ほかのサイズをお出ししましょうか」

と言った。……うむ。

◯ウ◯ウ／◯ラダはわりと細身なつくりで（言い訳じゃない）、特に私は肩と二の腕がいつもきついの。あ、◯ウ◯ウ／◯ラダの服は一着も持ってないの。ただ、これまでの試着（および挫折《ざせつ》）の経験から導きだされた結論なの。

店員さんはでかいサイズのコートを奥から出して持ってきてくれた。羽織ってみた。

「に、似合わない……！」

と、私は言った。店員さんは否定するでもなく、

「ははは」

と控えめに笑った。いやもう、無礼な！　って感じる余地もないぐらい、嫌みの全然ない率直な笑いだった。

ベージュのコートを着て鏡のまえに立つ私は、冴《さ》えない「ひとこぶラクダ」みたいだったのだ。

「同じデザインでグレイもありますよ」

「ううん、ベージュのコートを探してるのです」

「……じゃあ、ちがうデザインのものをお召しになってみますか」

「はい」

ベージュでデザインちがいの、丈の長いコートを羽織ってみる。

「ぎゃふん」

冴えない「ふたこぶラクダ」が立ってるのかと思った。

「つまり、ベージュが似合わないわけですね私は。ぼ、膨張色だから……」

「ははは」

しずしずとコートを脱ぐ。

「すみません、せっかく出してもらったのに……」

「いいんですよ、またお願いします」

店員さんは快く言ってくれた。その言葉のなかに、「似合わないひとに買われる服は不幸だし」という色合いがあるようであった。しかし、いやな感じではない。自分が売っている服を、とても大切に思ってるんだなあということが感じられて、かえって好印象だ。明らかに似合ってないのに、「お似合いですよ」と言われるほど腹立つことはないからな。

コートよりもさきに、膨張色を着ても膨張して見えない体型を手に入れねばならぬ。

欲望百貨店の一階では、ダイヤがいっぱいついたアクセサリーを特別展示していた。値札が一千万単位だった。「ほえー、ほえー」と、口を開けて眺める。ダイヤのあまりの輝きに、しばらくは目がちかちかした。

欲望百貨店はいつも夢を売っている。

すすり泣き電車

08.29

　新宿に行く電車のなかで本を読んでいたのだが、激しく涙腺《るいせん》を刺激される内容で、「ずびっずびっ」と鼻をすすった。涙もちょっと出た。

　すると、すぐ近くから、やはり「ずびっずびっ」と鼻をすする音が聞こえる。顔を上げると、学生風の痩《や》せた男性が、文庫本を読みながら目と鼻を真っ赤にして泣いていた。ちょっとどころじゃなく涙が流れていた。

　ここだけすすり泣き地帯だ……。

　電車のなかで読書しながらこんなに泣いてる男性、はじめて見た！　私は自分の読書そっちのけで、彼を観察した。鞄《かばん》から眼鏡を出して装着し、彼の手元を覗《のぞ》きこんだところ（文庫にはカバーがかけられていた）、「フェルマー」という文字がページ上部に見えた。体裁と紙の質感からして、新潮文庫！　となると、話題になった『フェルマーの最終定理』である可能性が高い。

え、ほとんど号泣に近いほど泣くような本なのか？　難しい数学の本だろうと思っていたのだが……。

俄然《がぜん》、読みたくなった。そして、痩せた学生風男子の株がうなぎのぼりになった。本を読んで電車で泣いてるだけでもポイント高いのに、その本が純愛物とかじゃなく、『フェルマーの最終定理』（暫定《ざんてい》）だってところが、またたまらなくセクシーだ。むしゃぶりつきたい……！

こらえて、自分の読書に戻った。新宿に着くまで、電車はその一角だけすすり泣きに満ちていた。

08.31

読 ん だ。

『フェルマーの最終定理』（サイモン・シン／青木薫訳・新潮文庫）を。

分厚くて、しかも数学の話なもんで、どうなることかと（自分に）気を揉《も》んだが、すごくおもしろく読めた。「いまならもしかしたら、二次方程式ぐらいは解けるかも」と勘違いしそうなほど、数学の世界をはじめて覗くことができた。

思い返せば学校に通ってたころ、私は初歩の初歩の二次方程式ですら、「えーっと？」と全然解けなかった。この世のものとは思われぬ点を取って追試になると、数学が得意な友人腹《はら》ちゃんの満点の答案用紙を丸暗記した（追試問題は、恐るべきことに元の試験と同じだった。そういうのって、追試って言うか？）。ひとつつも理解できないままに、腹ちゃんの答案用紙に羅列されたxとかyとかの式を覚えこみ、自力で証明したふりをしていた。あれで、人生で発揮しうる暗記力をすべて使いはたしたのではあるまいか。もっと実のあることに使いたかったよ暗記力！

そんな調子だったものが読んでも、『フェルマーの最終定理』はドラマティックかつスリリングだ。数の世界がいかに美しく精巧なものか、その謎《なぞ》を解くために、いかに多くのひとが一生を捧《ささ》げて悔いはないと思っているかが感じられ、胸を打たれた。

自分が決して体感、経験できない事柄に対しても、「こういう気持ちであろうか」と想像をめぐらせられるのが、人間に与えられた大きく重要な特性である。私は感動すると、「生まれ変わったら、こういうふうになりたい」と思う癖がある。たとえば、長距離が得意な人間になりたいとか、モテモテの美女になりたいとか（感動が動機なのか？）。まあ、子どもじみた夢想であるのだが、なりえなかった自分について考えてみるのは、楽しいことだ。

しかし「数学者になる」というのは、あまりにもいまの自分とかけ離れすぎていて（長距離や美女だってそうだが）、さすがに「生まれ変わったら」と想像するのも困難だった。それでも、「数学者」という人々が、なにを喜びに、なにを目指して生きようとするのかが、『フェルマー～』からは確実に伝わってきた。門外漢の心を揺さぶり、共感と想像の大地で未知の存在の画像を結ばせる、文章表現のひとつの勝利の形がこの本にはある。

で、「フェルマーの最終定理」がいかなるもので、それを数学者ワイルズ氏がいかに証明してみせたかは……。ごめん、よくわかんなかった。巻末に補遺もついてます。その補遺をもってしても、証明の具体的内容について私は推測することすらかなわないのだが、私ごときが推測できる程度のことなら、「フェルマーの最終定理」が三百五十年も証明されずにいたはずがない。超絶難解らしい、ということはわかるので、それでよしとしよう。

実際には、ワイルズ氏の偉大なる証明に関して、数学界には嫉《しっ》妬《と》と羨《せん》望《ぼう》が渦巻いたと思うのである。だけどこの本が素晴らしいのは、そういう雑音をすべてシャットアウトしたところだ。ワイルズ氏がいかに全身全霊を傾けて証明に取り組んだか、家族や友人たちがいかにそれを支え、応援したか、これまで数学に身を捧げた研究者たちの成果の積み重ねが、いかに実を結んだか。そういう、人間の美や善の部分に光を当てている。そしてそれはまさに、数の世界が持つ美と善を表現するのにふさわしい方法だったと思うのだ。

ワイルズ氏が、ついに「フェルマーの最終定理」を証明した瞬間、それは彼が子どものころからの夢をかなえた瞬間だったわけだが、私も感極まって「おうおう」と泣いてしまった。

あと、補遺を読んでいても泣けた。こっちは情けなさで。直角三角形の面積は「$\frac{1}{2}$ xy」で求められるわけだが、「なんで$\frac{1}{2}$ xyなんだろ。これについての証明はなされてるのか？」と本気で数秒考えた。「あ、そうか」と気づいたときには、情けなさで視界も曇ろうってもんだ。

でもさあ、直角三角形の面積を求める公式（？）って、公式としては教えられるけど、「なぜそうなのか」は教えられなかった気がしないか？ しないか。俺が授業中寝てただけか。ていうか、フツーは教えられるまでもなく公式を見た瞬間に、その意味するところに気づくのか。

数学の神は、私のまえでは微笑《ほほえ》まない。常に仏頂面《ぶっちょうづら》どころか、尻《しり》を向けている。

訪問者

09.02

あ、あぶなかっただー。

ここ数日、(※73)なんとなく仕事する意欲が湧《わ》かず、「急に涼しくなったからかしら……。なんだか物寂しいき・ぶ・ん♡」などと、ぼんやりしていた。でも昨日の深夜から突如として意欲が復活し、書きに書いた（って、それほどの量じゃないが）。朝方に仕事を一個終わらせ、「この勢いのまま、エッセイならもう一本ぐらい行けるかも」と思いつつ一服した。その瞬間、愕然《がくぜん》と気づいたのである。

今日、ケーブルテレビのひとが配線の保守点検に来る日だったよー!!!

約束の時間は午後の二時。気づいたのは朝の九時。

どどど、どうしよう。こんな二カ月ぐらい掃除してない（むぐぐ）部屋を見られたら、おらは死ぬよ。点検するひとだって、埃《ほこり》で死んじゃうよ。

（※73）もっと詳しく言うと、私は一カ月のうち二週間はまったくやる気が起きず、一週間はあんまりやる気が起きず、六日間はそれほどやる気が起きない。かろうじて一日ぐらいは、仕事への意欲に燃える日がある。

やるしかない。

決然と部屋の掃除に取りかかった。疲労と空腹で倒れそうだったが、玄関からケーブルが配線されている仕事部屋に至るまでを、超特急で片付けはじめた。しかしいかんせん、二カ月ぶん（むぐぐ）の塵《ちり》は山となっていた。

まず、見られちゃまずい本が三百冊ほど、床で森を形成している。しかも、ケーブルの配線口を塞《ふさ》ぐかっこうで。

バーナムの森が動いておる……！

ええ、ええ、動かしましたよ。作業の邪魔にならないような部屋の片隅に、民族大移動しましたよ。もちろん、森の最上部には、見られても差し障《さわ》りのない本をぬかりなく配置した。

ごうごうと掃除機をかけ、散乱した衣服はとりあえず洗濯機のなかに放りこんで隠蔽《いんぺい》し、床を濡《ぬ》れ雑巾で拭《ふ》き、ゴミを仕分けしてべつの部屋に隔離したところで、午後一時半。

長かった……。なんとかまにあった。一服する。その瞬間、卒然と気づいたのである。

ベッドに、ベッドのうえに、見られちゃならない本が五十冊ほど載っているではないか……！

もはや移動させている暇はない。やむをえず、予備のシーツを押入から引っぱりだしてきて、ベッドにかぶせる。妙にゴツゴツしたひとが寝そべっているようで、明らかに不審だがしかたがない。

よし！　いや、よしじゃない！　俺が風呂《ふろ》に入ってない！

その瞬間、郵便配達夫ならぬケーブル保守点検人は、二度ベルを鳴らしたのであった。嘘《うそ》だ。礼儀正しく一度、ベルを鳴らしたのであった。

ぎゃー、万事休す。「汗だくになって、いままで必死こいて掃除してました」と如実《にょじつ》に語る風体でドアを開ける。ケーブル保守点検人は、日焼けした爽《さわ》やかなる男子二人であった。

疲労がピークに達したので、明日の日記につづく。しかし休みたくても、ベッドがワヤクチャなのだよな……。

訪問者 2

09.03

昨日のつづき。

ケーブル保守点検人の二人は、爽やかかつハキハキと点検実施目的を説明し、次いで即座に点検作業に取りかかった。

一人は実務作業にあたり、もう一人は顧客（私だ）への解説を請け負っているらしい。

「電柱にケーブルが通っていて、それが壁の内側を通って、みなさまのご自宅へと……」

まあ、仕組みはどうでもいいのだ。どうせ映らないテレビしかないし、インターネットもケーブル回線を使用していない。

「はあはあ、なるほど」

と、一応は謹聴の姿勢を見せておく。しかしその実、私の視線は解説係の男子の手に注がれていた。

彼の手は、妙な日焼けの仕方をしていたのである。人差し指から小指までの、第一関節と第二関節のあいだだけ、真っ白に焼け残っていたのである。

「……というわけなのです。なにか疑問な点や不都合な点はございますか」

と、解説男子は言った。

「はい。あなたの手、不思議な具合に日焼けしていますよね？」

（←疑問な点）

と、私は尋ねた。

「ああ、そう言われてみれば……」

解説男子はじっと手を見る。「たぶん、運転焼けです」

「そうか！」

得心がいった。「いやあ、第一関節と第二関節のあいだだけ日焼けしないようなスポーツがあるのかと、さまざまに思いめぐらせてしまいました」

「スポーツをしてる暇もありませんよ……。バイクでお客さまの家をまわる日々です」

と解説男子は、自転車のハンドルを握るような角度で拳を握ってみせる。たしかに、その体勢だと指の一部分だけが日に当たらない。

謎が解けてすっきりした私に、解説男子がお返しとばかりに、怒濤《どとう》の勢いで質問をかましてきた。

「あの、この家にはテレビはないんですか？　せっかくケーブルを引いてるのに」

「はあ、まあ、仕事場ですので」

「おうちでお仕事ですか。大変ですね」（解説男子の視線は、移動させたバーナムの森へ）

「いやいや、まあ。ははは」（バーナムの森のまえに、さりげなく立ちふさがる私）

「……ずいぶん本（ていうか漫画）がありますねえ」

「いやいやいや、そう見えるだけですよ」

「テレビは……、置かないんですよね……」

「そうですね……、仕事場ですから……」

「ケーブル、問題なく稼働《かどう》してるんですけど……」

「ええ……」

結局、男子二人はチェックシートになにも記載する事項がないまま（だって、「テレビの映り」を確認するチェックシートなんだもの）、滞在時間五分強で火宅から去っていったのだった。

「テレビを導入することになったら、いつでも呼んでくださいね！」

と、爽やかなる笑顔を残して。

五分のために、五時間の掃除か。でも、不可思議なる日焼けの謎が解明されたので、それなりに満足した。

夜になって、友人あんちゃんが遊びにきてくれた。

はなみずる

09.03

そして今朝、起きたらクシャミと鼻水が止まらなくなっていた。

気温差に弱いので、朝はわりといつも、鼻水がずるずるするのである。朝夕涼しくなってきたので、これもそのためかと思っていたのだが、どうもちがう。

　昼を過ぎても、夜になっても、いまに至るも、クシャミと鼻水がのべつまくなしに出る。火宅でともに朝を迎えた（て言うと、なんかちがうニュアンスが加わるが）あんちゃんに対しても、しゃべってんのか鼻かんでんのかわからないありさまだ。

　これはもしや、大掃除の余波によって引き起こされた埃アレルギー？

「はなみずる」ってよくないか？　と思いつく。「いわばしる」みたいで。新しい枕詞《まくらことば》に認定しよう。「掃除」「清掃」「整頓《せいとん》」などに掛かります。

　　はなみずる[※74]　掃除の夜が　明けてなお　重き痺《しび》れに　腕も上がらず

　このように使用します。え、右記の歌からは、脚注のような物

（※74）きみと別れることになり、鼻水を垂らしながら身辺整理をしたものの、朝になっても、酷使した腕に重い痺れが残っている。あるいは、きみを腕枕して眠った夜の記憶の名残《なごり》でもあろうか……。

語を読み取れないって？　読み取るのだ！

嵐《あらし》の電話　09.07

嵐のなか、おばが電話をかけてきて、

「おばさん、ふと思ったんだけどね、しをんあんた、前歯を治したほうがいい！」

と断言した。

「ええっ？　べつに虫歯じゃないけど……もしもし、もしもーし！」

もう切れている。

おばはいったい、いかなる神の託宣を受けているのであろうか。

野外フェス

09.08

野外フェスに行ったのだ。とはいえ、会場に着いたのが遅く、ケン・○シイとバ○チクしか見られず、それはもうほとんど夜だったので、強い日差しのもとビール飲んでそのへんで昼寝するぜ、っていう野外フェスの醍醐味《だいごみ》はあまり味わえなかったのだ。む、無念。しかも前列に突入することもなし。これが加齢というものか……！

目的もなく昼間っから会場でゴロゴロし、目当てのバンドが登場すると、洗濯機みたいな渦のなかに身を投じる。そんな過去の栄光がまぶしいぜ。いや、よく考えると過去においても、積極的に渦に身を投じたのではなく、ボーッとしてたら巻きこまれていて、「あーれー」って感じだったような気もする。

野外で音楽を聞くと楽しいな、と改めて思う。それを言うなら、野外で弁当食っても、昼寝しても、脱糞《だっぷん》しても楽しい。私は幼少のみぎり、友だちと野外で脱糞するのをたしなみ（?）としていた。言い訳めくが、脱糞に適した野っぱらがいっぱいあったのだ！　大人になってからはしていない！

　大人になってから、野外でまぐわうのを好むひとがいるらしいことも知ったが、残念ながらその楽しみを味わいたいとは思えない。しかし総じて、物事は野外で執り行うと楽しみが増すようである。なぜだろうか？

　人間は太古の昔から、(※75)洞窟《どうくつ》などに住処《すみか》を定めていたようだ。つまり率先して屋内を選択したのに、たまにバーベキューやら野外フェスやら野外交情やらをしてみせる。おかしなものだ。「いつもとちがったことをしてみたい」という好奇心や冒険心の表れであろうか。なかでも野外フェスは、わざわざ会場を設営して電気を引き、いろんな音楽を好きなひとが一堂に会して、気だるさと同居する熱狂を屋外で味わおうという、壮大なるばかばかしさが感じられて好きだ。

　なきゃないで済ませられるひともいるのに、なくてはならないと感じるひともいる。腹がいっぱいになるわけでもないのに、さ

（※75）いま思ったのだが、「太古の昔」という言いまわしは、「馬から落ちて落馬して」や「毎日の日課」と同じような誤用ではないだろうか……。

まざまな思考や感情が想起されて胸が震える瞬間がある。そういう、音楽の持つ根源的な力を堪能《たんのう》するのに、野外というのはうってつけの場であると思うのだった。

甘党営業

09.11

近所のケーキ屋さんのケーキは、とてもおいしいのだが、いつ行ってもほとんど店が閉まっている。ごくたまに、タイミングが合うとようやくありつけるケーキだから、とてもおいしいと感じるのだろうか。

そんなことを考えながら、やっぱり閉まっている店のまえに立っていた。「夏休み中です」(※76)と書かれた無情の貼《は》り紙を眺め、「二カ月以上も夏休みって長すぎないか」などと歯ぎしりしていた。

すると、営業のひとらしき男性二人が通りかかった。二人は、「午後はどういうルートで得意先をまわるか」を相談しつつ歩い

(※76) ヨーロッパへケーキの視察にいくのだそうだ。優雅な……ぎりぎりぎり。

ていたようなのだが、ケーキ屋さんの店先に貼られた見本写真を見るや、

「あっ、先輩！　このケーキ！」

「おおっ、すっごくうまそうだ！」

と、そろってガラス窓に駆け寄った。食いつかんばかりの勢いで、見本写真を仔細《しさい》に眺めている。

「こんな店があったのか。気づかなかったなあ」

「でも、休みですよ。残念ですねえ」

「残念だなあ、うまそうなのに……。お、しかし来週には開いてるようだ」

「来週なら、またここに来ますよ先輩！　そのときには……」

「ああ、入ってみよう。念のため、電話番号も控えて、と」

もう、ウッキウキの二人なのだ。それからも名残惜《なごりお》しそうに、しばらく見本写真を見ているのだ。

あんなに激烈な反応をケーキに対して示し、次の来店を約束しあう三十代の男性二人を、はじめて目にした。きっと二人とも大

の甘党で、営業で訪れた土地でいろいろ食べるのを楽しみとしているのだろう。たぶん手帳や携帯電話にも、「おいしいケーキ店」の情報が満載で、それをたまに二人で交換したりしているはずだ。「ケーキが取り持つ縁、か」と考え、「いや、それはなんかちがうだろ」と打ち消しながら、ウッキウキのまま駅のほうへ去っていく二人の背中を見送ったのだった。

逸脱

09.17

取材という名目のもと、旅に出た。行き先は宮城県だ。沿岸部をいろいろまわるつもりであった。

ところが気づいたときには、石巻の「石ノ森萬画館《まんがかん》」に入り浸っていた。章太郎先生の原画に歓声を上げたり、タツノコプロのアニメの歴史に見入ったり、チビッコたちに混じって二時間近く館内をめぐる。「トキワ荘」を疑似探索できるコーナーでは、画面を操作するチビッコに向かって、「ちょっと、ちょっとそこのドアをノックしてみてちょうだい！」と背後から指示。チビッコをおおいにびびらせる。最後は売店で、仮面ライダー人形とか009グッズとか買っていた。

あれ？　私は萬画館を見るために宮城県へ行ったのではなかったような……？

充実の展示内容で、ものすごく楽しかったから、まあいいか。

ちなみにチビッコにノックさせたドア（画面上）からは、ベレー帽をかぶった手塚先生（もちろん似顔絵アニメだが）が出てきた。チビッコが、「だれか出てきた」と言うので、「手塚治虫《おさむ》先生だよ！　鉄腕アトムとか描いたひとだよ！」と教えると、「へ、へえー？」と私の剣幕にたじろいでいる。

「ベレー帽をかぶった手塚治虫」という、わかりやすすぎるほどわかりやすいイコンも、小学校低学年らしきチビッコにはすでに通じなくなっているのか……！　いったいこれから、ベレー帽以外のなにで「漫画の神」を象徴すればいいのやら。(※77)

（※77）先日、二十代のひとにはマラソンの瀬古選手も宗兄弟も通じないことを知り、ますます時代の流れから取り残される感覚を味わった。手塚先生や瀬古選手や宗兄弟を知らないというのは、夏目漱石や力道山や狩人を知らないというのと同じではないか!?　宗兄弟と狩人では、ジャンルが大幅にちがいすぎるが。

しかしもちろん、作品の魅力は通じるわけで、館内にあるたくさんの漫画（石ノ森先生の漫画だけではなく、いろんなひとの作品を新旧取り揃《そろ》えているところが、また太っ腹ですばらしい）を、チビッコたちは夢中になって読みふけっていた。

男気　09.19

今日会ったひとが、

「おめえの心を聞かせてくれよ！」

と咆吼《ほうこう》したので、大変胸がキュンとした。

咆吼したのがきれいな女性だったので、胸キュン度もアップだ。

しかしそのときの話題は、たしか漫画についてだった。ガチンコで漫画について語り合う。……わりといつものことだが、ちょっとどうなのかとも思う。

俺の心を聞きたいか？　むふ。

Bは小太り　09.26

近所を歩いていた女子高生の会話。
A「将来の夢は残飯処理係になることなんでしょ？」
B「そうだよ（きゃぴっ）」(※78)
……なんだかこわい。

(※78) 二人の仲がよさそうだったところが、またこわい。

我慢できない　10.06

ゲッツ板谷氏のエッセイを読み、魂消《たまぎ》える勢いで爆笑していたら、階下の部屋から突きあげを食らった。
じゃあ貴様は、この一冊を一度も爆笑せずに読み終えられると言うのだなごるぁ！　我慢できると言うなら試してみるといい明日ポストに入れといてやるから！　まあ、いまは思う存分突きあげとくがよい、どうせ貴様の部屋の天井なんざ俺の部屋の床にすぎんしな！

思わず立川のヤンキー魂（？）が乗り移って吼《ほ》えるも、冷静に考えてみると、突きあげは一回きりだったし、それはつまり突きあげではなく、階上から突如響いた笑い声に驚いて、茶碗《ちゃわん》かなにかを取り落とした音だったのではあるまいか。

すみません、お騒がせして……。

それからは毛布を口にねじこみ、なんとか笑い声を抑えてつづきを読んだ。なんのプレイだ。

人間四角

10.11

働いてるぜー。ここんとこ、ほとんど寝ずに原稿書いてるぜー。

しかし限界は訪れる。本日、(※79)渋谷からの帰りの電車のなかで、とうとう爆睡してしまった（ところで渋谷公会堂は、いつからCCレモンホール☆という名前になったのだ?）。電車がすいてたの

（※79）どうやらライブに行きまくってるせいで、寝る暇がないらしい。
☆そしていつのまにか「渋谷公会堂」という名に戻り、建て替えのため現時点では閉館中。時の流れについていけない……！

で、座ってBL漫画を読んでいたのだが（書店カバーなどはかけない男気）、いつのまにか眠っていた。そしたら、自分の体と座席の端っこの板とのあいだに、手から落ちた漫画がスポンとはまってたようなのだ。

降りるべき駅が来て、ハッと目を覚ました私は、立って開いたドアまで歩いた。すると、隣に座ってたらしい若いサラリーマンが、「これ！　これ忘れてますよ！」と、BL漫画を振りかざして追いすがってきた。

ぎーえーーぇーー！

もうホントに漫画みたいに、「ぎゃっ」と言ってしまった。直後に体裁を取り繕って、「まあ、どうもありがとうございます」と、できるだけおしとやかかつ丁寧に頭を下げたつもりではあるが、なにせ動揺が激しくて（しかも寝起きで）目がウツロだったと思う。

親切なひとだ、と感動したけれど、なんだか非常にいたたまれなかった。ま、パッと見、少女漫画っぽいかわいい表紙だったからいいか。いやよくないよ。

傷心のまま駅の階段を上がっていたら、会社の重役っぽい初老の男性に、

「きみ、いい柄の風呂敷を持っているね」

と声をかけられる。そう、私は風呂敷包みを抱えていたのだ。しかも、泥棒がよく持ってる柄の。

ＢＬ漫画を振りかざしてくれたサラリーマンの衝撃から覚めやらない（しかも寝起きの）私は、咄嗟《とっさ》にまともな受け答えができなかった。

「はへ？　あ、この泥棒みたいな……」

「いや、泥棒みたいってことはない。最近では風呂敷を使うひとも少なくなった……」

「へぇ（←「はい」と言おうとしたのに、江戸の町人みたいになってしまった）。しかし便利です」

「うん。素晴らしい柄だ。どんどん使いなさい」

「はい、ありがとうございます」

初老の男性は、「じゃっ」と片手をあげて挨拶《あいさつ》し、颯爽と去っていった。

眠りから覚めて一分以内に二つの出来事が重なり、脳内処理が追いつかないまま帰宅した。なにが起きたんだかよくわからないが（前者の出来事に関していえば、わかりたくないが）、とにかく「いいひとはいっぱいいる」ということだけはわかった。

ちなみに今回のタイトルは、「失格」と風呂敷の「四角」をかけてみたのである。つまんねー。

弁当

10.15

うわー、今月ほんとに日記書いてないなあ。書くことがないのだ、火宅からほとんど出ないし、だれかに会うこともないので。さ、さびしい……。

しかしまあ、もう二度と会えないひとと夢のなかで会うさびしさと比べれば、現実生活において数日から数週間、だれとも会わずろくな会話も交わさずにいるさびしさなど、まだしも耐えられるものだとも言える。

とは思ったのだが、空腹には耐えかねて、二十四時間営業のスーパーへ行って弁当を買ってくる。むしゃむしゃ食う深夜。

先日、電車の中吊《なかづ》りに、「夜九時以降にも安心して食べられるアイスクリーム」みたいな広告があった。たぶん、牛乳とか砂糖とかを使っていないアイスクリームなんだろう。じゃあなにで出来ているんだ？　オカラとキシリトールか？　そこまでは確かめなかった。甘いものへの欲求がそれほど強くなく、しかし食べたいときに食べたいものを食べてしまっている身からすると、「夜九時以降の壁を撃破するために、世の中ではそのような努力が重ねられていたのか！」と、大変衝撃であった。いいかげん、食べたいときに食べたいものを食べるのを、やめるべきかもしれぬ。

ちなみに弁当のおかずは、揚げ物が多かった。それしかなかっ(※80)

(※80) まあ、たとえ「煮物弁当」や「焼き魚弁当」が残っていたとしても、揚げ物を選ぶのではあるが。

たの。二割引だった。ラッキー。

あとは若いひとだけで

10.16

おばから電話があり、「あんた見合いしない？　いいひとがいるのよ」と言われる。

「しない」と内心で速攻返事をしたのだが、おもしろいので相手がどんなひとなのか、語られるまま「へえ、ほお」と耳を傾ける。明らかに、「私のような人間を紹介されても、困惑するであろうなあ」という人物像であった。困惑しないひとのほうが少数派だと思うが。

なんとかおばの話をさえぎり、「いやごめん、結婚する気ないからさ」と言うと、「あんたはまたすぐ、そういう消極的なことを！」と怒られる。

「見合いなんて堅苦しいもんじゃなくていいのよ。若いひとだけ

(※81) そういえば先日も、私の書いた小説を読んだ年上の女性から、「三浦さんの結婚観がどうなってるのか、心配だわ……」とアンニュイに言われた。

で、ちょっと会って話してみるだけでいいの！」

それを見合いというのではないのか？　あと、あんまり若くないよ。

「お友だちからでいいんだから！」とも言っていたが、友だちならわざわざ世話してもらわなくてもいます。

埒《らち》が明かないと思ったのか、おばは祖母に電話を替わった。御年九十歳の祖母に対しては、ズバリと物申すのもはばかられる。どうしたもんかなーと悩んでいたら、祖母は言った。

「まあ、会うだけ会ってみればいいじゃないの。生めるときに子どもを生んでおいたほうがいいですよ」

「子どもなら、べつに結婚しなくたってできるじゃん」（ズバリと言っちゃってる）

「それもそうだけれど」

「見合いして子種だけもらって、ハイさよならってわけにもいかないでしょ」

「いいのよそれでも！　子種だけでももらえるときにもらっとき

なさい！」

「あの、それって見合いの趣旨から大幅に逸脱してるよね……」

「とにかくあなたが結婚してくれないと、私は心配で早死にしてしまいますよ」

もうじゅうぶん長生き……いやいや、げほげほ。

老女二人（とか言うと、おばが激怒しそうだが）のパワーに圧倒され、「とにかくけっこうですから！」と逃げるように電話を切ったのだった。いったいどこをどう押したら、私に「見合いの話を持っていこう」という考えになるのだか、はなはだ理解しかねる。


どこまで許容するか、それが問題だ。

10.18

母方の一族（見合いを持ちこんだりする）のパワーをもてあまし、母に電話して、

「どうにも困惑いたすのでござるが」

と訴えると、

「それはそれとして」

と受け流され、生活の愚痴などをひとしきり訴えられる。どういう愚痴であったかは、くだらなすぎて記憶にとどめたくもない。

もちろん、電話して三分もたたぬうちに大喧嘩《おおげんか》。「あんたは不寛容な人間だ！（←愚痴を親身に聞かないから）」となじられる。そうかもしれない、と一瞬反省するものの、次の瞬間、「いや、それはあんただろー！」と、この一週間で最大にキレた。

いろいろ疲れる。

クッション

10.18

さきほど、酔っぱらって帰宅したところ、よろけて盛大に背中から転倒する。

「あ、もう頭を打った」と観念したが、積み重なっていた本や梱《こん》包《ぽう》材の山に受け止められ、右脇腹《わきばら》から右胸にかけてを強打するのみで、ことなきを得る。

やれやれ、本を愛するおかげで命拾いしたわい。

足の踏み場もないほど本の山が形成されていなかったら、転倒することはなかった、とも言えるが。

いつでもポジティブシンキング。

アメフト

10.19

一年以上まえにHさんからお勧めいただいた『アイシールド21』(村田雄介/稲垣理一郎・集英社)を、やっと読みはじめる。いま読んでいる場合なのか? という疑問は重々承知之介。でも読みはじめたら、やめらんないのおもしろくて! 『アイシールド21』というタイトルから、私は勝手に、「宇宙空間に進出した人類が、『アイシールド』という特殊な器具を用いて（チェスのような）戦闘をするバトル漫画」かと思っていたのだが、実際に読んでみたら全然ちがった。アメリカンフットボールに取り組む高校生の物語であった。

アメリカンフットボール！　日本では決してメジャーとは言えないこのスポーツ。いや、もしかしたらメジャーなのかもしれないが、私はラグビーと区別がつかない。アメフトもラグビーもルールがまったくわからない。読みはじめたときは、「大丈夫かな、俺。ついていけるかな……」と不安だったのだが、無問題だった。六巻まで読み進めた現在、「えーっ、江ノ島でアメフトの試合をやるの!?　絶対見にいく！」と鼻息が荒くなっている。

私が男で俊足だったら（もしくは巌《いわお》のごとく頑健な肉体を持っていたら）[※82]、この勢いでアメフト部に入部することまちがいなしだ。

いままでまったく知らなかったスポーツに興味を抱き、自分もやってみたい！　と願う気持ち。読者にこういう気持ちを抱かせ

（※82）持っているが。昨日も弟に、「おまえ、いい背中してるなあ。広くて、厚みがあって……。あ、広背筋かと思ったら贅肉か」と褒められたばかりだ。きーっ。

るのが、創作物の力なんだなあと感動しつつ、つづきを読む。読んでる場合なのか？　うん。だってやめられないんだもの！

友　好

10.20

近所の本屋で女子高生の一団が、通路にぺたんと座りこみながらしゃべっていた。

「〇子さあ、マジむかつかね？」

「むかつくむかつく。握手ぐらいしてもいいじゃんさあ。なにお高くとまってるんだっつうの」

「なんで握手できないわけ？　ほんと超わかんねーべ」

……握手？　いろいろ文化がちがうが、なんだか大変なんだなと思った。

10.22

こんな夢を見た。十一

コジャレたマンションに住んでいる。エントランスを入ったところにあるホールは吹き抜けで、中庭みたいに緑と光があふれている。

ある日、部屋を出てエントランスに向かうと、そこには住人たちが険しい表情で集《つど》っていた。「なにかあったんですか」と聞くと、「猫の害がひどいのよ」という答えだ。

「どこからともなく潜りこんで、食料を食い荒らしたり子どもを生んだり。もう放っておけないから、罠《わな》を仕掛けることに決めた」

どきりとしつつ、表面上は平静を装《よそお》って、「なにかのまちがいじゃありませんか」と、おずおずと言ってみる。

「このマンションはペット禁止でしょう？　猫なんているわけないですよ」

「あら知らなかったの？　こっそり餌をやってるひとがいるのよ。

一階の○○さんとか……」

　猫に対する住人たちの怒りは激しく、罠は着々と仕掛けられていく。

　私は恋人の身が心配でたまらない。まさか彼が、そう易々《やすやす》と捕まるはずはないと思っても、不安でいてもたってもいられない。その場は何食わぬ顔で立ち去ったが、夜、住人たちが寝静まるのを待って、そっとホールに降りてみる。

　ホールには月の光が射《さ》している。壁際《かべぎわ》に藍《あい》色の袋がいくつもぶらさがっている。住人たちの仕掛けた罠だ。そのうちのひとつが、もごもごと動いている。私は駆け寄って、袋の口を開けた。

「ブチャイク！」

　袋のなかからブチャイク（大きな猫、薄茶色の虎縞《とらじま》、ぶさいく）が、「よう」と言った。「不覚を取ったぜ」。

　袋に引っかかってしまっていたブチャイクの手足のツメを、あせりを押し殺してはずしてやる。ようやく袋から脱出したブチャイクは、ホールの床に背中を丸めて座った。私はブチャイクの体じゅうを撫《な》でまわし、無事をたしかめた。ブチャイクの毛はなめらかで柔らかく、あたたかい。

「ここにも、もういられねえな」

とブチャイクは月を見上げる。

「そんな……！」

私は必死にブチャイクをかき口説く。「どこにも行かないでブチャイク！ブチャイクは人間があげる餌なんて食べてないし、子どもだって作ってないじゃない！ 気高い、猫のなかの猫なのに、どうしてあなたが出ていかなきゃならないの？」

「おまえという恋人がいるのに、俺がよそでガキをこさえるわけねえだろ」

ブチャイクはフッと笑い、私の頬をそっと舐《な》める。「でもな、ほかのやつらは自分で餌を獲《と》ることもできねえし、そうなるとやっぱり、俺たちを迫害しない人間たちのいる新天地を探す必要があるんだ。わかってくれ……」

「どうしても行くのね」

ブチャイクの背中に顔をうずめ、泣き伏す私。

「ああ……」

月を見上げつづけることで、こぼれそうな涙をこらえるブチャイク。

「わかった。もう止めない。でも、でも、ブチャイクと離れたくないよ。だからブチャイク、約束して。もし私がさきに死んだら、私の骨はあなたにあげるから、その骨を猫の土地(※83)に埋めてほしいの」

「おう。猫の土地のなかでも、一等きれいな場所に埋めてやるよ」

「それとね、もし万が一、ブチャイクのほうがさきに死んじゃったら……。仲間に託しても、郵送でもいい、どんな方法でもいいから、ブチャイクの手帳(※84)を私に届けて」

「約束する。俺の手帳を、必ずおまえに届ける。俺が見つけた猫の土地を、全部そこに記しておくからな」

じゃあな、元気で。そう言ってブチャイクは、もう振り返らず

（※83）猫の土地とは、どうやら猫だけが知っている秘密の場所らしい。

（※84）ブチャイクの手帳とは、ブチャイクが常に携帯している小さい黒いビジネス手帳。ブチャイクはその手帳に、折々考えたこと、感じたことなどを書き留めているらしい。

に夜の道を歩み去っていったのだった。

「ブチャイクー!」

号泣しながら、ブチャイクを見送る。ブチャイクも私も、これが今生の別れとなることを知っていた。猫と人間の寿命の差を考えれば、たぶんブチャイクの手帳が私の手もとに届くことになるのだろう。私はきっと、ブチャイクの記した猫の土地を旅してまわることで、ブチャイクのいない世界を生きる時間を終えるだろう。私はいつか、どこかの猫の土地で倒れ、そのまま骨になる。それはすなわち、「一等きれいな場所」に私の骨を埋めてくれると言った、ブチャイクの約束が果たされるときでもある。私たちの魂は、そこでひとつになるだろう。

最愛の恋人よ、しばしのおわかれ、さようなら。

月の美しい晩だった。(※85)

(※85) これまでも夢のなかで、男女を問わず恋に落ちてきたが、ついには猫の恋人を得ることになり(すでにその時点で恋「人」じゃないが)、しかも渾身の力で猫の恋人を愛する自分というものを体験し、目が覚めてしばし呆然とする。種族の壁をも超えた……! 守備範囲が広すぎる。でもブチャイク、ニヒルですごくかっこよかった。ほんとにぶさいくな猫だったけど。

ファンタジーの波

10.29

『鎖衣カドルト』（吟鳥子《ぎんとりこ》・新書館）が、すごくいい。同じ作者の『架カル空ノ音』（エンターブレイン）という作品もおもしろいのだが、おや、いつのまにか二巻☆が出ているようだ。今度買ってこなければ。

『鎖衣カドルト』は、よくこういう設定を思いつくなあと目から鱗《うろこ》のファンタジー。その世界のなかでの宗教観というか信仰観が、とても斬新《ざんしん》だなと思った。ラストとか、「こういう結論になるんだろう、ていうか、なってくれ」と読者が願う道筋どおりなのだが（いい意味で）、それでもグッときた。この感じ、個人的には『プラネテス』（幸村誠・講談社）のラストにも共通する。読者の予想や願望を踏まえて、しかしそれをガツンと超える力というのか。

『イムリ』や『群青学舎』なども含め、いま良質のファンタジーの波が漫画界に来ている気がする。

☆『架カル空ノ音』は四巻で完結。とんでもない傑作だった。もう、もう、素晴しいよ……！　ぜひお読みになってみてください。

結婚式に行く

11.05

父方のいとこの結婚式があったので、両親と弟と一緒に海辺の町へ行く。

ホテルの近くで水族館を発見し、行ってみることにした。「だりぃ」と言っていた弟が、ペンギンを目にしたとたん、なにかに取り憑《つ》かれたかのように携帯でアグレッシブに写真を撮りだし、大変驚く。あんた、海に生きる動物がどんだけ好きなんだ。もちろん、待ち受け画面に設定していた。

ペンギンは好奇心旺盛《おうせい》なのかサービス精神満点なのか、観客がいると元気に動きだし、ガラス張りのプールで泳いでくれたりする。私もデジカメで撮った。空を飛んでるみたいなショットが撮れて満足する。

いい結婚式だった。披露宴の料理がおいしかった。いとこはガ○ト好きなのだが、新郎新婦が披露宴会場に入場するときにガ○トの曲が流れず、「もしや、ガ○ト好きであることを新郎にひた隠しにしているのかな」と気を揉んでいたら、宴《うたげ》の最大の山場(花嫁から両親への手紙あたり)で流れた。ここに持ってくるのか！　グッジョブ！　と、内心でいとこの英断に拍手を送る。

おじが、「おまえ、なんかついとるで」と、おばの着物の紋を一生懸命つまみ取ろうとしていた。「おじさん、それゴミじゃない……」と控えめに指摘する。

父が唐突に、『お父さんはちっともひとの話を聞いてない』と、おまえのお母さんによくなじられるが、たしかに父さん、ひとの話なんか全然聞いてないんだ」と宣言する。ええー？　と思ったが、「このひと、もしかしてひとの話を聞いてないんじゃないかな」と長年抱いていた疑問は氷解した。やっぱり聞いてなかったんだ。自覚があったということが驚きだ。父曰く、ひとの話を聞かないのは主義らしい。聞かなイズム。聞けよ。

給湯器　11.10

急に給湯器が壊れ、水しか出なくなる。

火宅ではシャワーすら浴びることができなくなった。しかし、ほとんどシャワーも浴びないので、問題ないと言えば問題ない。修理のひとを呼びたくても、部屋が汚すぎて呼べないというだけなのだが、いいのだ。

滝に打たれていると思えば、なにほどのことでもない。ぶるぶるぶる。

脳のお具合　11.13

前回の日記は、(※86) そこはかとなく文章が変だな。

たぶん、嘔吐《おうと》した直後に書いたからだ。ちょっと飲みすぎたの。げふり。でも楽しかったからいいの。


(※86) いま読み返してみると、前回に限らず文章は総じて変である。

ところで昨日の夜まで、前頭葉から左側頭部にかけてがジンジン痛み、「も、もしや脳いっけ……いやいや、まさか」と思っていたのだが、ものすごくピンチな原稿をなんとか書きあげて睡眠を取ったら、嘘のように治った。そうか、睡眠不足と追いこまれた血流のせいだったのか。

そんなになるまで危ない橋を渡るなとか、危ない橋を渡ってる最中になぜ吐くまで飲むのかとか、いろいろツッコミどころがあるが、それはさておき給湯器が壊れたままだ。風呂入ってないでー。今日は外出せねばならんのに、どうするんやー。

修理のひとを呼ぶまえに、とりあえず部屋を片付けねばならない。いま、掃除をしている。終わりが見えず、また脳がうずきだしそうだ。まだ書けてない原稿があったことも思い出した。どうするんやー。

ところで、主に男性は、「早く結婚して、料理などの家のことをやってもらえ。そうすればよりいっそう、仕事に集中できるぞ」と言われるものらしいが（スポーツニュースや芸能ニュースで得た情報)、恋人が「料理などの家のこと」が苦手だったらどうするんだ。あ、そういう相手を妻にはしないんですか。そうですか。

「料理などの家のこと」は、いっそのこと金を払って専門のひとにやってもらえばどうか。そのほうが効率もいいし、部屋はピカピカ、栄養のバランスもばっちりだろう。そして妻には、独自に就いた職で稼いでもらえばどうか。そのほうが夫婦の家計は潤《うるお》うであろう。

「料理などの家のこと」を妻に期待する心性というのが、どうもうまく理解できないのだった。「料理などの家のこと」が、苦手というかあまり興味がないからかしら。もちろん、「料理などの家のこと」が得意なひと(男女を問わず)は、家庭内においても自然とそれに勤《いそ》しむものなのだと思うが。

困るんだよな、適性とちがうことを求められても。だれも俺に求めちゃいないけれど。

いまの私の夢は、生まれ変わったら年俸三十億ぐらい(さすがにドルじゃなく円）の大リーガーかハリウッド俳優になって、「料理などの家のこと」はプロに任せ、ピカピカの部屋でくつろぎつつ、栄養バランス満点の料理をいただくことである。私の妻はアンジェリーナ・ジョリーかキャサリン・ゼタ＝ジョーンズ級のフェロモン女性で、彼女はマンハッタンの高層ビルの上階にオフィスを構えている。商才に長《た》けているらしく、ちらりと明細を見たら年収が五十億ほどあって驚いた。しかし彼女はその収入の半分以上を寄付にあてている。一年の三分の一は、チャリティー活動とやらで地球を飛びまわる彼女は、私のスイートベターハーフ。疲れて帰ってきた彼女の脚を揉む私。見つめあう私たち。ひさびさの野獣のようなセックス。「おおダーリン。老後は二人で、シチリア島でゆっくり過ごしましょうね」。もちろんだともハニー。(※87)

　えーと、なんだっけ？　そうそう、これがいまの私の夢だ。そうか？　よくわかんなくなってきたけど、そうかもだ。

（※87）こういうアホな妄想なら、百万年ぐらいしつづけられる自信がある。

湯水のごとく

11．20

ガス会社のおっちゃんと大家さんのご尽力により、給湯器が無事に直った。正確に言うと、直ったのではなく全取っ替えだったのだが……。

旧給湯器を一目見て、「買い替え！」と非情に宣告するガス会社のおっちゃん。

「そんな……！　部品を取り寄せてやってください！」と縋《すが》る私。

「お客さん、この給湯器の製造年を、よーくご覧なさい」

「……えっ、二十一年前!?」

「こいつぁいままで、頑張ったんだ。頑張り抜いて、寿命を迎えたんですよ。黙って見送ってやりましょう」

「ありがとう、お疲れさま、給湯器……！」

涙の別れであった。

そして昨日、ニュー給湯器がやってきた。

「煙突が本体の型番と合わねえぞ！　だれが発注したんだ！」と

か、「おじさん、もそっと丁寧に旧給湯器をはずしてよ、壁紙破れちゃったよ！」とか、しっちゃかめっちゃかありつつも、なんとか工事が終わる。

本日、ニュー給湯器の具合を試すため、二時間ほど湯船に浸《つ》かりながら仕事をしてみた。はー、極楽極楽。やっぱり、入りたいときにお風呂に入れるって、蛇口をひねればお湯が出るって、とてもありがたいことじゃのう。

しかし入浴とは疲れるものだ。明日からはいつもどおり、二、(※88)三日にいっぺんシャワーを浴びるだけでいいや。

ガス会社のおっちゃんも怪訝《けげん》そうだった。「お客さん、給湯器壊れたわりには、そんなに困ってなさそうだね……」と。

まあね。

(※88) 日記なのに、また見栄を張っている。本当は、外出の予定さえなければ一週間でも十日でも平気でシャワーも浴びずにいるのである。

な　ぞ　11.25

「きのう、『牛乳の素《もと》』を買っといたからさあ」

と、携帯電話に向かってしゃべっている二十代会社員風女性。

……それは乳牛ということなのか？(※89)

看　病　11.26

最近、パキラくん（観葉植物）の具合がよくない。この夏の尋常じゃない暑さと、最近の急激な冷えこみがたたったのか、ただでさえ少なかった葉っぱがどんどん落ち、明らかに元気を失っていっている。水や肥料をこまめにやるようにしているのだが、回(※90)復しない。

もう十年以上ともに暮らした仲なので、このままパキラくんがはかなくなってしまったらどうしよう、と心配だ。観葉植物が枯

（※89）「粉ミルクのことでは」「母乳のこと、つまりは母乳にいい芋類、豆類、根菜のことじゃないか」など、友人知人からメールをもらった。なるほど！　粉ミルクとか母乳とか、まったく思いつかなかった。ひたすら、柵のなかでやるせなくたたずむ乳牛を想像してしまっていた。

（※90）この日記を書いた直後、「根詰まりが原因かもしれませんよ」と、ありがたいメールをいただき、本当にそのとおりだったので対処したのだが、パキラくんは寿命のためか、結局冬を越せず枯れてしまった。いまも鉢が部屋に残っている。新しい植物を買う気持ちには、まだなれない。

れて心に穴があくのも、ペットロス認定されるんだろうか……。

今日は父に車を出してもらい、郊外の電器屋さんに行ってきた。パキラくんのために、小さいヒーターを買おうと思ったのだ。店には、いろんな機能がついたヒーターがたくさん並んでいた。

パキラくんへの私の溺愛《できあい》ぶりを知る父も、熱心に選んでくれる。

「これなんかどうだ。タイマー設定もできるようだし」

「いや、その値段はちょっと高いよ」

おい！　私はほんとにパキラくんを心配しているのか？

重要な局面でケチりつつも、二千四百円の小型ハロゲンヒーターに決める。現品限りだったため、店員さんが二千円にまけてくれた。ラッキー。

さっそく火宅に持ち帰り、パキラくんの鉢のそばに設置した。熱気を照射する。これで元気になってくれるといいのだがなあ……。固形肥料も買ってこようかな。

滋賀の苦しみ

11.27

先日、Nさん（滋賀県出身）と天気の話をしていたら、Nさんは突如として、

「ぐぬぬ、天気予報……！」

と、憤怒《ふんぬ》の表情で身悶えしだした。

「三浦さん、聞いてくださいよ、滋賀県民がいかに虐《しいた》げられているかを！　テレビの天気予報を見ていたら、関西地方の地図が表示され、『京都　晴れ』『大阪　晴れ』『琵琶湖《びわこ》　晴れ』って書いてあったんですよ！」

「ぶほっ」

「琵琶湖ってなんだ、琵琶湖って！　ブラックバスに向けた天気予報かごるぁ！」

「はは……。そ、それはひどいですね。まあたしかに、滋賀県と聞いて一番に思い浮かぶのは琵琶湖(※91)ですけれど」

「どうせ湖しかないですよ。滋賀県の総面積のほとんどが水です

（※91）滋賀県のホームページを見てみたら、琵琶湖は県の面積の約六分の一とのことだった。おお、イメージよりも、湖が占める面積は小さい。俺が悪かった、Nさん！

よ。人間なんて、薄皮饅頭《まんじゅう》の皮程度の厚みの土地でチマチマ暮らしてますよ」

Nさんすまん、俺が悪かった！ 滋賀には琵琶湖のほかにもいろいろあるよな。……琵琶湖とか。あわわ、「ほか」が浮かばない。

とにかく天気予報は、ブラックバスよりも人間主体で頼むぜ！

石碑

12.01

数日前、コンラッド東京にはじめて行った。もちろん、遊びにいったり泊まったりしたのではない。所用があって寄っただけだ。話題のホテルだけあって、「荘厳《そうごん》な近未来」って感じの建物だった。入口に、エヴァンゲリオンみたいな石がデーンと立ってた。エヴァで、なんか石碑のようなものが円陣を組んで（？）会議しているだろう。あの石碑にそっくりなやつが、玄関（あ、エントランスと言うのですか）にあったのだ。もちろん石碑には、番号じゃなくて「コンラッド東京」と（アルファベットで）書かれていたはずだ。鳥目なので、よく見えなかったが。

ちょうど一緒にいた某社編集黒だきゃーも（※92）（仮名）に、

「み、見てください、あれ！　エヴァ！　エヴァ！」

と教えてあげたら、

「ハイハイ、恥ずかしいから、指差して興奮しない」

と指導を受けた。でも黒だきゃーもも確実に、「ホントだ、エヴァそっくり！」って思ってる顔してた。

ちぇー。いいじゃないか、石碑を指差すぐらい。

動力源

12.04

前夜から仕事しつづけ、「もういい！」と（ちっともよくないのに）すべてを放擲《ほうてき》し、始発の電車で松山に向かう。六時間半後

（※92）のちに黒だきゃーもから、「日記、読んでますよ」と言われる。愛知県出身ですが、「俺はたしかに『だきゃーも』とは言いませんから！」。すまん、黒だきゃーも。ちなみに、なぜ「黒」なのかというと、黒だきゃーもは腹黒いからだ。

に松山に到着する。飛行機には乗らないのでござる。

新幹線で隣に座ったおじさんが、ものすごく太っていて、携帯メール（中身はさすがに見えなかったが、無駄に長い）を打ちまくり、しかも打ってるあいだじゅう、ずっと鼻をほじっていた。「げっ」と思ったのだが、そのうちおもしろくなってきた。おじさんは携帯メールを打ち終わると、鼻をほじるのもやめるのだ。もしかして、鼻をほじる行為によって、携帯のバッテリーに電力が供給されるようになっているとか、そういう仕組みなのでは……？　もしくは、携帯のバッテリーから、鼻をほじる動力を得ているとか。

完璧《かんぺき》な連動ぶりが楽しくて、じっと観察してしまった。

松山ではバ〇チクのライブがあった。それがいかに素晴らしかったかは、俺の心のアルバムにそっとしまっておくことにする。今回のツアーは、いままでで一番充実した内容のような気がするな。と、ツアーごとに思ってる気がするな。進化しつづけるバンド。それがバ〇チクだ。

死国のYちゃんと、ひさしぶりに飲む。

☆南斗六星なら言えるのだが

12.07

前夜に帰京し、起きたら午後遅かった。あまりに長時間、寝つづけたため、腰が痛い。もうちょっと肉が薄かったら、とこずれになってたところだ。

そういえば先日、自分が乙女座ではなく天秤座《てんびんざ》であると確定できた。しかしまあ、心が乙女なので（？）、知らなかったふりをして乙女座を自称しつづけよう。以前にも、「あなたは天秤座ですよ」と教えてもらったことがある気もしてきたが、しつこく乙女座を自称するうちに、天秤座である事実をまたうっかり忘れていたのかもしれない。

星座に詳しいかたに、「乙女座より天秤座のほうが、バランス感覚にすぐれていていいんですよ。天秤座ってことにしておけ

☆文庫の校閲さんおよび文庫担当編集Mさんより、「本文に南斗六星は出てきませんが」「『北斗の拳』の南斗六聖拳のこと……ではないですよね？」と疑問が出る。『北斗の拳』のことに決まっているだろう！　ちなみに「南斗六星」は、殉星、義星、妖星、仁星、将星、慈母星だ！　十二星座は言えないのに……。

ば？」とアドバイスを受けたこともあるのだが、「天秤」よりは「乙女」のほうが、なんだかキラキラしていて、よさそうじゃないか？　単純に文字ヅラで判断して、ものを言っていますが。

そして私はもちろん、占いに全然詳しくない。十二星座を全部言えるかどうかも疑問なぐらいだ。やってみよう。

乙女座。天秤座。カニ座。獅子《しし》座。……双子座。……水瓶《みずがめ》座。……牡羊《おひつじ》座。牡牛座。……ヤギ座。

えっ、まだ九個か。あとなんだ？　さそり座！

……ほんとにわかんない。順番とか、皆目見当がつかない。あっ、うお座。よし、あとひとつ。へびつかい座。これは新しく加わったものだな。それぐらいはわかる。

あー、だめだ。ちょっと家事でもするうちに、思い出せるかもしれない（と書いてるそばから、トナカイ座？　ちがうな。とか思ってる）。

三十分ほど経過。未だ、星座の残りのひとつを思い出せません。

えーい、もう検索する！

射手座！　そうか、射手座か！　と言うほどには、真実を知ってもあまりピンときていないのであった。もしかして私、「思い出す」もなにも、十二星座に射手座があること自体を、もとから知らなかったのではないか？

射手座のかた、申し訳ない。(※93)でも何月生まれが該当するのかすら、わからんのだった。

エア

12.16

先日、滋賀県出身のNさんと、「好きな芸能人」の話になった。Nさんは幼少のみぎり、チェッカーズが好きだったという。私もチェッカーズは大好きで、未だに全曲（もちろんアルバム収録曲含む）歌える自信がある。歌唱力に大きな問題があるので、せっかく歌ったとしても恐怖のお経ソングになってしまい、チェッカーズの曲だとだれにも気づいてもらえなさそうだが。

（※93）某社編集Tさんから、「射手座は十一月下旬から十二月下旬まで。トラブルや困難に行き当たると、まいったな、もう、とか言いながら、目を輝かして一番最初に飛び込んでいく冒険野郎だそうです。何しろケンタウロス、半人半馬ですからいたしかたありません。やつらは獣です。いやぼくも射手座ですが」とメールをいただく。

それで、「ようし、チェッカーズ談義なら負けないぞ」と勢いこんだとたん、Nさんが超弩級《どきゅう》の一言を発した。

「私は小学生のころ、『フミヤ日記』をつけてましたよ!」

「……はい?」

「『フミヤ日記』」

「(※94)……それは、なんですか?」

「もちろん、フミヤとのあれこれを綴《つづ》る日記です」

「だって、会ったことないだろ!」

「心のなかでは会ってたんですよ! あと、フミヤに取り入る(?)ためにはなにが必要かと考えた結果、『お菓子を作ろう!』と思い立ちまして。お菓子の作り方が載ってる本を毎日眺め、脳内でタルトとか作ってました。あれは作るのに時間がかかるんです。生地を数時間、寝かせなきゃならないですから。忙しい日は、簡単なゼリーとかね。そうだ、十八センチのホールケーキを作ったりするのも、なかなか大変でしたよ。けっこう大きいじゃないですか、十八センチって。生クリームでデコレーションするのに、

(※94)衝撃のあまり、イケてない和訳みたいになった。

骨が折れるんです」

「……ちょっと質問していいですか」

「どうぞ」

「『脳内で』と、さりげなくおっしゃってましたが、もしかしてお菓子作りを、すべて脳内で行っていたんですか？」

「小学生ですから。お菓子を作りたくても、小麦粉を買う金もありませんから」

「じゃ、つまり、エアお菓子作り⁉」

「そうです」

「脳内で、ケーキをエアデコレーションしたりしてたの⁉　毎晩⁉」

「はい！　二段ベッドの下の段で。上の段で眠ってた姉は、たぶん毎晩うなされてたと思いますよ。下からモワ〜ッと襲いくる、幻想の甘いにおいにあてられて」

　アホかー！

　負けた、と思った。毎晩、フミヤのためにエア菓子作りに励み、

エアケーキを捧げていたNさんに、完全敗北を喫したのであった。(※95)

(※95) しかし負け惜しみじゃなく、あまり悔しさを感じないのはなぜだろう……。

マントレ

12.16

「それから、フミヤの缶バッヂを持ってたんですけど、それをクロッキー帳に二倍の大きさで模写するのに血道を上げてました」

と、Nさんは言った。

「いや、もういいです。Nさんの熱きフミヤ愛は、もう十二分にわかりました」

と、私は濃厚な熱情にくらくらしながら言った。

「子どものころって、わけのわからないことに熱心ですよね」

Nさんは微笑む。「私の通ってた中学校では、マントレは上級生にならないと、折り曲げられなかったんですよ。みんな熱心にその決まりを守りながら、早くマントレを折り曲げたい！　と思っていたものです」

「……マントレってなんですか？」

「あ、体育の授業のときに穿《は》く、ジャージの長ズボンのことです」

「なんでそれを『マントレ』って言うの⁉」

「謎です。『ヒューマン・トレーニング』の略ですかね。あと、ブルマのことは『シスター』って呼んでましたね」

「……それは、Nさんが勝手に呼んでいただけでは？」

「ちがいますよ！　その中学校では、代々その呼び名だったんです。体育の先生も、『よーし、マントレ脱いで、シスターになれ。そんで持久走！』とか言ってましたもん」

「……『マントレを折り曲げる』というのは？」

「つまり、ジャージのズボンの裾《すそ》を折り返すことですよ。それがオシャレとされていたんですが、上級生にならないと、できない。一年生がマントレの裾を折り返していると、スケ番から呼びだされて、『あんたさぁ、マントレ折っていいと思ってるわけ？』と注意されるんです」

「……（声もなく笑っている）」

「思い出深いのは、ある昼休みのことですよ。スケ番がわざわざ、私たちのクラスの戸口までやってきて、『あんたたちもそろそろ、マントレ折っていいから』と許可してくれたんです。『先輩、それを言うためだけに、下級生のクラスまで……！』と、みな胸を熱くしましたね」

「……（声もなく笑っている）」

「三浦さんの行ってた学校では、そういうこと、なかったですか？」

残念ながら、なかったな。

マントレもなく（ジャージの長ズボンはあったが、マントレとは言わなかった）、スケ番もいない学校生活が、なんだか非常に味気なく感じられたのだった。

カニ食えば無言

12.20

忘年会でカニをむさぼり食う。案の定、テーブルを沈黙が支配する。

ＹＡさんが、「こんなにうまいなんて、カニってのはいったい、どういう生き物なんですかね。カニみそ部分はつまり、カニの脳みそなんですか？」と言う。

一同、「たぶんそうですよ」と夢うつつで答える。

ちょっと待て。でかいだろ。カニみそが脳みそなんだとしたら、カニ本体に比して、脳みそでかすぎるだろ。

マントレのその後

12.20

先日の日記に、「私の通ってた学校には、マントレもなくスケ番もいなかった」旨を書いたところ、友人なっきー（同じ中学・

高校に通っていた）からメールが来た。

演劇部だったなっきーの証言によると、「マントレ」という言葉こそなかったが、「似たような決まり事はあった」とのこと。

演劇部では、マントレ(※96)は高校一年生にならないと穿けなかったそうだ。さらに、「さよなら」の挨拶は部員全員で、「お疲れ様でした！　ありがとうございました！　さようなら！　お先に失礼します！」と言ったらしい。

……全員で言うの？　じゃあ、だれが「お先に失礼」するのだ。矛盾してないか。

こういうツッコミをしてると、無軌道にマントレの裾を折り返しまくる下級生になっちゃうのだな。いけないいけない。

(※96) なっきーや私の通っていた学校では、部活動は中高合同で行われていた。つまり演劇部員は、中学三年間はマントレを穿けなかったということだ。

12.23

沼

ＹＨさんから、フランス製の入浴剤をいただいた。マリンブルーのパッケージだ。

「お肌がツルッツルになるから！」とYHさんは言う。ちょうど友人の結婚パーティーがあるので、その直前に使用してみよう、とうきうきする。

しかし、YHさんの夫であるYAさんは、びみょーな表情で、私の手にわたったマリンブルーのパッケージを見ている。

「その入浴剤……、すごいよ」

とYAさんは言う。「まあ、エッセイのネタにはなるかもしれない」

「えっ!? ネタって、どういう方向で……？」

と私は聞いた。

「なんていうか、きれいじゃない海？ いや、沼？ そんな感じですよ」

どういうことであろう、と思いつつも、火宅の風呂に入浴剤を入れ、お湯を汲《く》みこんだ。入浴剤は茶色い粉末だった。ちょっといやな予感はしたが、あまり気にせず風呂場から出て、お湯が溜《た》まるまでの時間を使い、マニキュアを落としたりしていた。

さて、そろそろいいであろう。私は再び風呂場に赴いた。風呂場のドアを開けたとたん、「くさい！」と呻《うめ》いた。立ちこめる湯気が、ものすごく生臭いのだ！　濃厚な昆布茶みたいなにおいなのだ！

こ、これはいったい……？

湯の溜まった浴槽を覗き、「ひぃっ」と小声で叫んだ。

波止場に打ち寄せる、東京湾のなかでも一番汚い海水。そこを掬《すく》って濃縮したかのような色合いである。トライアスロンの猛者《もさ》も、「ここで泳ぐのはちょっと……」と躊躇《ちゅうちょ》する海。そんなような色合いである。

一言で言うと、ヘドロである。

ここに身を浸すのか……。私はのろのろと服を脱ぎ、おそるおそるヘドロ状の湯に入った。ちょっとぬるぬるする。そして絶え間なく、昆布茶臭が鼻腔《びこう》に襲いかかる。おぶおぶ。たすけてくれー。

YHさんが、「いやじゃなかったら、そのお湯で顔もこすってみて。ツルッツルになるから」と言っていたのを思い出す。「いやじゃなかったら」の意味が、すごくよくわかった。ヘドロで洗顔。勇気がいる。意を決して、両手で湯を掬い、ちゃぷちゃぷと顔をこすってみる。巨大昆布を顔になすりつけている感がある。

YHさんがヘドロ湯に入った日は、そのあとに風呂を使うYAさんも、必然的にヘドロ湯に入るはめになっているとのことだ。風呂場の戸を開けて、「今日はヘドロ湯か！」と知ったときのYAさんの絶望感を思うと、なんだか笑える。しかし笑ってる場合じゃない。いま、この瞬間、ヘドロ湯に入っているのは私なのだから……！　おぶおぶ。

本を読みながら、四十分ほど入浴しつづけた。読書には使わない脳の片隅で、「フランス人ってのは、いったいなんなのかな」と考える。フツーはもうちょっと、目と鼻に優しい入浴剤になるよう、きれいな色やにおいをつけるものではなかろうか。余計な香料などを使わないフランス人の心意気（？）に、革命の精神を見たのだった。とりあえずギロチン。そういう頑強な意志（なのか、おおざっぱなのか）が表れた、入浴剤の常識を覆《くつがえ》す入浴剤だ。

そうして出かけたさきで、「以前に会ったときよりは、肌がツルツルしている」と、ひとに評された。

フランスおよびヘドロ湯、ばんざ……い……！

電　撃

12.27

黒だきゃーもから、電撃の結婚報告[※97]（黒だきゃーもの、ではない）がもたらされる。

あのなあ！　書く意欲を削《そ》ぐようなことを言わんでくれよ、編集者なのに！　と逆ギレしつつ、「年末にすごいニュースが来たー！」と、二人で大盛り上がり。

「私はたぶん、死の直前に黒だきゃーもを思い出しますよ。『あ

（※97）俳優オ○ギリ○ョー氏が結婚したのである。発表があったこの日、火宅の電話は鳴りっぱなしだった。むろん、「大丈夫？　生きてる？」という、友人知人編集者のみなさんからの半笑いの電話である。ひとの情けが身に染みるなあ！

のとき結婚情報をもたらしたのは、黒だきゃーもだった……』と」

「それはよかった。早馬に乗って（?）、報《しら》せに馳《は》せ参じた甲斐《かい》があるというものですよ。ふふふ」

どこまで暗黒なんだ、黒だきゃーも。

暖《の》簾《れん》　12.31

ここ数日、風邪がぶり返し、ずるずるげほげほ言っていた。結婚（私の、ではない）の衝撃のせいか……?

さて昨日、友人あんちゃんと話した。

「『仏果を得ず』[※98]、読みましたよ〜」

と、あんちゃんは言った。「ああああたしも、楽屋に暖簾を贈りたいっ！」

文楽の楽屋の、各部屋の戸口には、その部屋を使っている技芸

（※98）『仏果を得ず』とは、拙者の書いた文楽小説。双葉文庫刊。CMでした。

員の頭目（？）の名前が入った暖簾が掛けられているのだ。「○○太夫《たゆう》さん江　×××より」って感じの暖簾だ。「×××」部分は、暖簾を寄贈した、○○太夫を贔屓《ひいき》にするひとの名前だ。あまりじっくりと眺めたことはないのでおぼつかないが、個人名だったり後援会だったり行きつけの店だったりするんだろう。

「いずれ一緒に作って、贈りましょうよ」

と、あんちゃんは言った。「寄贈者名はもちろん、『紫のバラの人たちより』で！」

紫のバラの人たち！

「そ、それは……。技芸員さんたち、『ガラスの仮面』を読んでるかなあ」

私はこのごろちょうど、複数形について考えているところだった。ある作家のかたと、「嫌いな（できれば使いたくない）言葉はなにか」という話になったのだ。私は、「生きざま」と答えた。生きざま。おお、ぶるぶる。虫酸《むしず》が走る。

そのかたは、「複数形」と答えた。

「『すてきな椅子《いす》たち』とか書かれていると、『なんじゃそりゃあ！』とムカッとします」

あー、わかります、その気持ち。日本語の複数形は曖昧《あいまい》で、必ずしも「たち」とかつけなくても表せる。たとえば、「空には星がまたたき」と言った場合、星は一個かもしれないし無数かもしれないのだ。前後の文脈と想像力で判断しろっつうことだ。水に飛びこんだカエルは、感性によって一匹から無数匹まで、何匹にでもなるってことだ。もう池はカエルで満杯です。

そんなときに、「紫のバラの人たち」攻撃だ。私が爆笑したのは言うまでもない。ヤボな複数形がもたらす珍妙さと滑稽《こっけい》さを、改めて味わった。

「いつもながら、グッジョブだよ、あんちゃん！」

「くくく」

と、あんちゃんも笑った。「『紫のバラの人一同』でもいいんですけどね」

もうやめてくれ。笑い死ぬ。

言葉談義

12.31

あんちゃんと私は、喫茶店でコーヒーを飲みながら、まだまだ話している。

アイスコーヒーにシロップを入れた私は、

「おお、この容器、いいデザインだね。シロップが全然たくらないよ」

と言った。

「は？　なんですって？」

と、あんちゃんが首をかしげた。私はハッとした。も、もしや、「たくる」はワラ弁か？

ワラ弁とは、私の母（小田原（略してワラ）出身）が繰りだす方言である。これまで弟と私は、ワラ弁をワラ弁と知らずに使って、友人とうまく意志の疎通《そつう》がはかれなかった、という経験に何度も見舞われてきた。小田原地方の方言というより、母の造語である可能性も否定しきれない。代表的なものに、「へつる」「ぶちいたみ」「とばくち」などがある。

「へつる」は、お釜《かま》に残った飯粒を、きれいにさらうこと。なんらかの容器に残ったものを、なんらかの道具（ヘラなど）を使って、こそぎ取る行為全般を指す。

「ぶちいたみ」は、内出血によってできた痣《あざ》のこと。青タンのことである。

「とばくち」は、玄関や部屋を入ってすぐの場所。戸口近くのこと。この言葉に関しては、内田百閒《ひゃっけん》の随筆を読んでいたところ、遭遇した。いま『大辞林』を調べてみたら、ちゃんと載っていた。しかし、現代において実際に使っているひとに会ったためしがない。漢字で書くと、たぶん「戸端口」なんだろう。

「たくるってのは、水滴が垂れることなの」

と、私は説明した。「たとえば醬油差《しょうゆ》しって、物によっては、注ぎ口から醬油差し本体に、醬油が垂れちゃうでしょ？　そういうとき、『ああ、これダメだわ。たくる』と使う。あと、洗い物をしていて、手から肘《ひじ》のほうへ水が垂れるとする。それも『たくる』。『たくってきた〜。ちょっとだれか、悪いけど袖《そで》をまくりあげてくれない？』と、こう使う」

「お風呂上がりに、全身からしずくが落ちる。そういうのは、『たくる』じゃないの？」

「それはちょっとちがうね。そこまで広範囲かつ大量に垂れる場合には、『たくる』とは言わないようだ」

「なるほど」

と、あんちゃんはうなずいた。「方言か造語かわかりませんが、母親って自分だけの言葉遣いをしますよね。うちの母は、『ずんだくれる』と言います」

「それはいったい……？」

「『ずりさがっている』という意味です。母に言わせるとルーズソックスは、『あんなずんだくれ靴下なんて履いて』とのことです」

「感じが出てるなあ」

「あと、おねしょのことは『おしっこしかぶる』と言います。私は子どものころ、『またこの子は、おしっこしかぶって！』と怒られていました。たぶん、母の出身地である北九州の方言なんだと思いますが」

「ふうむ。ほかにもある？」

「そうですね……、『やおい』」

「はい？」

「『やおい』！　柔らかい、という意味です」

「うーむ。それは、人当たりとかについての言葉？　それとも物質に対して？」

「物質ですね。饅頭とか赤ん坊の肌とか。『この桃、やおいわね』というように使います」

「そのたびにビクッとするね」

「します」

母親語は常に子どもを翻弄《ほんろう》する。

おまけコーナー

その三
「タクシーの運転手さん列伝」

これまでもタクシーの運転手さんから、嫁姑《しゅうとめ》問題、娘の結婚話、息子夫婦と孫と一緒に草津温泉に旅行に出かけた顛《てん》末《まつ》などなど、さまざまなエピソードを聞いてきた（ていうか、一方的に聞かされてきた）が、先日はとうとう、一族の歴史を語る運転手さんと行き合った。

それは苦難の歴史だった。祖父の代に四国から稚内《わっかない》へ移住した一族は、北海道の大地を開拓しまくった（ジャガイモの不作とか祖父のロマンスとか、いろいろエピソードはあったのだが、ここでは省略）。苦難のすえに乳牛を手に入れ、酪農家として歩みだす一族。

しかし、運転手さんは跡を継がなかった。

「だってあんた、俺の若いころはまだ、農作業に機械が導入されてなかったんだから。ものすごく大変だったの！　しかも冬、寒いし！　そんで俺、兄貴と一緒に家出して、東京に来ちゃったんだよね ー」

「……トラクターなどが普及し、家屋の防寒・暖房設備も充実していたとしたら、どうしましたか」

「あ、それだったら残ったねー。冬のあいだは畑仕事がないから、わりとボーッとしていられて楽しかったしねー」

運転手さんがえらいのは、兄と力を合わせて東京で働き、両親を呼び寄せたことだ。開拓第一世代である祖父は、そのころ大往生していた。両親は年老いた祖母をつれ、北海道の畑と牧場を売って、東京に出てきた。

「やっぱり持つべきものは土地！」と、運転手さんは言った。「両親は北海道の土地を売った金で、東京に小さなアパートを建てたの。お袋はもう死んで、親父《おやじ》もいま老人ホームに入ってるんだけど、そういう老後のあれこれを全部、両親はアパートの家賃収入からやりくりした。俺たち子どもには、経済的負担をまったくかけなかったんだから、たいしたもんだよ」

「あの、運転手さんのおばあさんは、どうなったんですか」

「そうそう、ばあさんはね。東京に出てきてからも、コツコツと内職したりして働いてたんだけど、ある日、両親が仕事から帰ってきたら倒れてたの」

「ええっ、大変じゃないですか」

「うん。俺はそのころ、両親やばあさんとは一緒に暮らしてなかったから、事情がよくわからないんだけどね。とにかく急いで病院に担《かつ》ぎこんだら、意識が戻ったんだって。脳梗塞《のうこうそく》かなんかだったのかなぁ。体がちょっと不自由になったんだけど、ばあさんは『家に戻る』って言い張って、寝たり起きたりしながら、また内職してたよ」

「は、働きものですねえ」

「昔のひとだからね。何年後かに、ばあさんも大往生したんだけど、やっぱりあれだね。老人がボケずに長生きする秘訣《ひけつ》は、介護してもらわないことだね！」

「え？」

「いまは介護保険とか老人福祉とか、いろいろ言われるでしょ。もちろんいいことなんだけど、手篤《てあつ》く介護するばっかりじゃ、老人の気力が萎《な》えちゃうんじゃないかな。うちの両親は仕事に出ていたから、寝たり起きたりのばあさんは、日中はわりと放っておかれてたの。これが逆に、よかったんじゃないかと思うんだねー」

「なるほど、そういうことはあるかもしれませんね」

そして運転手さんの一族の歴史は、まだまだ継続中。「個人タクシーだから、働く時間は自分の裁量に任されているはずなのに、『夜のほうが実入りがいいでしょ！』と深夜に奥さんに家から蹴《け》りだされる」とか、「十九歳の孫娘が、早くも結婚したいと言いだしていてたじろぐ」とか、悲喜こもごもあるのだった。

ついさっきまで、まったく見知らぬもの同士だったのに、家族構成どころか一族の歴史まで知って車を降りる。でもたぶん、もう二度と会わない。タクシーの運転手さんと客とは、ものすごく不思議な関係だ。

物語が趣味の運転手さんが、どこかに

いるかもしれない。客に嘘ばかりを語って聞かせるのだ。いや、もしかしたら気づかぬうちに、私はすでに「物語タクシー」に乗ったことがあるのかもしれない。

そんなようなことを、たまに考える。

四章　門前で小僧が昼寝する

代わり映えせず

2008.01.09

日記（じゃ全然ないが）も二年目に突入し、なにか新たな趣向を導入すべきかと考えていたのだが、結局なにも思いつけず、代わり映えせぬまま二年目に突入する日記（じゃ全然ないが）だ。

昨年末、初詣《はつもうで》をうながすお寺か神社の、電車の中吊《なかづ》り広告を眺めていて、今年がどうやら大厄にあたるらしいと気づいた。そのまえの厄年はいつだったのかと思い、ちょっと調べてみたら、一九九四年だったようだ。……特に可もなく不可もなくな年だった気がするが。いやいや、そんな不信心なことを言わず、身を慎まねばならないな。

そう思っていた昨日。正月から家に籠《こ》もりっぱなしで、むんむん仕事や昼寝をしていたのだが、今年はじめて本格的に外出する用があった。ほぼ一週間ぶりに、ジーンズを穿《は》いた。すっごくきつくなっていた。

早くも大厄の効果（？）が！

マントレばっかり穿いて、ゴムのウエストで腹を甘やかしてちやだめだ自分！

「好き」の構造

01.10

「しをんさんと私は、ヴィゴ[※99]やオダ○ョーを好きでしょう？」

と、ＹＨさんが言った。

「好きですね」

と、私はうなずく。

「でも、しをんさんと私の好みが、まったく一致しないときもあるじゃない。たとえば、私はキム○クを好きだけど、しをんさんは……」

「格別な思い入れはないですね」

「でしょう？　これはどういうことかな、と考えて、わかったこ

（※99）ヴィゴ・モーテンセン。俳優。『ロード・オブ・ザ・リング』のアラゴルン役。

とがある。ときに、『バガボンド』(井上雄彦・講談社)の登場人物ではだれが好き?」

「辻風黄平」

「私は清十郎さま。じゃあ、『スラムダンク』(井上雄彦・集英社)では?」

「ミッチー」

「私は仙道くん」

「ふうむ、YHさんは飄々《ひょうひょう》とした天才肌のキャラが好きなのかな。しかし、一致しませんねえ」

「うん。そしてね、しをんさんと好みが一致しなかった人物。キム◯クや清十郎さまや仙道くんは私にとって、『もし男だったら、こういうふうになりたい』という意味で好きな人物なのよ。逆に、一致したヴィゴやオダ◯ョーは、『できることなら、つきあいたいものだなあ』という方向で好きなの」

「おおおー! それはものすごく重大な発見ですね!」

と、私は身を乗りだした。「『男だったら、こういうふうになりたい』と思う『好き』か……。なるほど、いますね」

「だれだれ？」

「水○豊です。あの声を聞き、あのルックスを目にするたびに、なにかこう、興奮してたまらん気持ちになります。しかしそれは、『つきあいたい！』というより、『男だったら水○豊になりたい！』という気持ちのような気がするのです」

「へえ、水○豊ねえ」

反応が鈍い。ＹＨさんは、水○豊には格別な思い入れはないようである。

「しをんさんの好みには、二系統あるじゃない？」

「はい」

シーマン、カーン、ベンガルなどの朴訥《ぼくとつ》野獣系（失敬）と、ルトガー・ハウアー、ヴィゴ、オダ○ョーなどの肉が薄い系（このくくりもどうなのだ）である。

「両者は、どう区別されているの？　ベンガルとはつきあいたくて、ヴィゴみたいになりたい、とかさ」

「どっちともつきあいたいですよ、かなうことなら！」

と、私は吼《ほ》えた。「しかし強いて言えば……、男だったらオダ○ョーみたいになりたいですね。好きが高じすぎて、『つきあいたい！』を超越したのでしょうか」

「うーん？」

「もしかして私、自己愛が強いのでしょうかっ」

「落ち着いて。しをんさんはオダ○ョーじゃないでしょ」

「そうでした。いま、いい塩梅《あんばい》にトチ狂ってました」

てな会話だったのだが、ここからＹＨさんと私は、以下のような考えをまとめた。
一、ＹＨさんと私の「好き」には、二種類ある。「つきあいたい」好きと、「男だったら、こうなりたい」好きである。この二つの「好き」は、どちらも世間一般で言う「恋心」として発露され、両者の境界は他者から見ると不分明である（自己にとっても、改めてよーく考えてみないと見極めがつきにくい場合が多い）。
この感覚、この二種類の（そして、近接した）「好き」は、たぶんおおかたの女性に、「ああ、あるある」と思い当たってもらえるのではないかと推測される。
二、しかし、おおかたの男性は女性（二次元含む）に対して、「つきあいたい」好きは感じれども、「女だったら、こうなりたい」好きを生じさせないのではないか。むしろ、「こういう男になりたい」という思いを、同性に対して抱くことが多いのではないか。そしてもちろん、「こういう男になりたい」という思いが、世間一般で言う「恋心」に包含される形で発露されることはきわめて少ない。私などは、「『恋心』に包含される形で発露されてるよ、すでに」と感じることもしばしばなのだが、当人はどちらかといえば、「恋心」に包含される感情だと規定されることを忌避、敬遠する傾向にある。
三、「こうなりたい」好きを、「恋心」に包含される形で発露させる女性が多いのに対し、男性は「こうなりたい」好きを、「恋心」に包含されることをあまり好まない。
四、ヘテロ（だととりあえず自認する）女性は、[※100]同性に対して

（※100）その後、自身の心をよーく検証してみたのだが、シガニー・ウィーバーに対しては「こうなりたい！」と感じる。しかも微量に「つきあいたい！」という気持ちも含まれる。もっと明確に「つきあいたい！」と思うのは、余○美子だ。とりあえずヘテロだと自認していても、その認識は絶対のものではなく、やっぱり女も同性に対して、「つきあいたい」や「こうなりたい」と思うものではないかと考える。

「こうなりたい」好きをあまり抱かない傾向にあるが、ヘテロ（だととりあえず自認する）男性は、同性に対して抱く。ここに、男女関係、男男関係、女女関係など、人間関係および社会構造を考えるうえで、大きなポイントがひそんでいると思われる。「好き」を追求すると、いろいろ見えてくるものがある。ま、ここで挙げた私およびＹＨさんの「好き」が、二次元＆二次元半に対しての「好き」ばかりで、なんだかなあ、ですが。

01.16

はらしょ〜

朝飯に、五日前に作った野菜スープを飲んで以来、腹が痛くてたまらない。率直に言って、トイレに行きまくっている。一応、ちゃんとにおいを確認したし、食べても変な味はしなかったのだが。うぬぬ……。

昨日の朝に食べたときは大丈夫だったのに、今日食べるとだめ。

昨日と今日のあいだに、鍋《なべ》のなかになにか劇的な変化が起こったということか。不思議だ。万物は刻一刻と変化し流転《るてん》している。俺の腹も水のように……、いや、やめておこう。いまちょうど昼飯を食べている、というかたもいるかもしれないからな。

一向に変化しないのが、私の原稿だ。一昨日から、同じ箇所で詰まっている。苦しい。俺の腹を見習い、水のごとく流れてくれれば……、いやいや、こういう比喩《ひゆ》はやめておこう。昼飯どきだからな。

こんな夢を見た。十二

01.23

見知らぬ友人数名と旅をし、温泉へ行く。女将《おかみ》が「露天風呂《ぶろ》もありますよ」と言うので、連れ立って宿の裏山を登る。特に手入れされているわけでもない、雑木林の斜面だ。冬のようで、木々は葉をすべて落としており、白い木漏れ日が、葉っぱの積もった柔らかい地面を照らしている。

しばらく行くと、たしかに露天風呂がある。しかし、風呂の縁にタイルを貼《は》ったり石を組んだりしてあるわけではない。風呂というより、池である。

風呂の岸辺寄りの場所に、一本の木が生えている。この木も、葉がついていない。だがよく見ると、大きなオスの孔雀《くじゃく》が二羽とまっている。美しい羽が枝から滝のように垂れている。なるほど、風呂にふさわしい装飾だ、と思う。

いざお湯に足を浸そうとして、左右に張りだした枝に、それぞれ札がぶらさがっていることに気づく。左の札には「人間」、右の札には「妖怪《ようかい》」と書いてある。

困惑し、「こういう場合、どっちに入ったらいいだろう」と友人たちに聞く。私は半人半妖なのだ。

友人たちは、「どうせ、ほかに客はいないんだし、一緒に入っちゃえばいいよ」と言って、木の右側から風呂に入る。そうか、友人はみんな妖怪だったのか、と思う。

ぬるくもなく熱くもなく、いい湯である。風呂の底には泥が溜《た》まっていて、この泥がお肌にいい。パックがわりに、背中に泥を塗りあう。

風呂はひとつの大きな池で、仕切りもなにもないのに、風呂へと最初の一歩を踏みだす場所だけ、わざわざ「人間」と「妖怪」とに分けるなんて、よくわからない仕組みだな、と感じている。

こんな夢を見た。十三

01.25

屋根裏収納庫のドア（ていうか、天井についてる蓋《ふた》）を開けるための棒。

あの棒で、四歳ぐらいの女の子を殴りまくっている。そんなことはしたくないのだが、腹の底からこみあげる怒りをどうにもできず、殴りまくる。殴っても殴っても、女の子は軽蔑《けいべつ》したような生意気な目で私を見る。女の子のかたわらには乳母車があり、男の赤ちゃんが眠っている。

横綱が家に遊びにきて、「まあまあ、それぐらいにしておけ」と私から棒を取りあげる。横綱は茶を飲み、けっこうな量の和菓子を食べ終えると、「そろそろ帰る」と言う。タクシーを呼ぶ。横綱が乗れるような大型の車を手配してもらう。

突風　01.25

昨日はものすごい風が吹き荒れた。

火宅の外廊下に置いてある郵便受け(※101)が飛ばされる。ゴロンゴロンと飛ばされる音がしたのだが、仕事を中断したくなくて無視していた。

数時間後、表に出て郵便受けを探しにいく。階段の下で無事に回収したのだが、なかに重石として入れていた陶器の錦鯉《にしきごい》が見当たらない。郵便受けの蓋に、紐《ひも》で結んでおいたのに……。リアル

(※101) その実、ゴミ箱。玄関先にゴミ箱を置き、郵便受けとして活用している。

かつかわいい鯉で、すごく気に入っていたのに……。
火宅周辺を探しまくったのだが、とうとう見つからなかった。
きっと龍《りゅう》となって、風に乗って空を泳ぎ去ってしまったのだろう。

モーロー日記

02.06

某社編集Kさんの家の庭には、植えた覚えのない水仙やチューリップやアヤメがぽこぽこ生えてくるそうだ。

……球根マニアに忍びこまれているのではないか？

モーロー日記　その二

02.06

あだ名について考える。考えてる場合じゃないのに考える。

「ジーパン」とかって、すごいよな。ジーパン穿いてるからジーパン刑事。う〜ん、マンダム。

八十年代を最後に、あだ名文化は下火になったのではないか、と漠然と感じる。個人的には、『スラムダンク』以降は創作物のなかであまりあだ名を見かけない気がする。と言うと、「『スラムダンク』にあだ名なんて出てきた？」と言うひとがいるのだが、出てきまくりじゃないか！　ミッチーとかリョーちんとかゴリとかメガネ君とか！

あの呼び名があるからこそ、たくさん登場する選手を、「ああ、このひとね！」と覚えることができるんじゃないか！（私の物覚えが悪いだけ……？）

あだ名は大量の登場人物をうまくさばく必殺魔法だ。アオタケ[※102]の住人があだ名で呼びあっているのも、この必殺魔法を発動させたからだ。じゃなきゃ覚えられんよ、十人もいる駅伝メンバー。

彼らの本名がなんだったか、もはや私も忘れた。

あだ名文化がいまどうなっているのか、もっといろんな漫画を

（※102）拙者が書いた箱根駅伝小説、『風が強く吹いている』（新潮文庫）に出てくるアパートの名前。ＣＭでした。

読んで研究せねばならんな。

ちなみに私は、名前にインパクトがあるせいか、あだ名って特にない気がする。あだ名をつけたくなるほどの親しみを感じられないキャラクター、ということかもしれないが。あ、「ブタ」があったか。そういうあだ名はホントやめてくれたまえ。せめて、ドテラ着てるからドテラ、とかにしてくれたまえ。

人格者　02.11

タクシーの運転手さんから聞いた話。

はじめてタクシー運転手として乗務した日、六本木の交差点で、やけに大きなひとが手を挙げているなあと思ったら、某有名プロレスラーだったそうだ。

「あっ、○○さんだ！　東京ってすごいなあ……」とドキドキしつつドアを開けると、○○さんは静かな物腰で乗りこんできた。

行き先を告げられても、場所がよくわからなかったので、運転手さんはまごつきながら正直に、

「申し訳ありません。ちょうど今日からはじめた新人でして……」

と申告した。すると○○さんは、

「初陣《ういじん》か。よし、道は教えてやるから、行け」

と言ったそうだ。う、初陣……。初陣で手柄を立てられなかった場合、やはり切腹？

運転手さんは緊張したが、なんとか無事に目的地にたどりつけた。○○さんは、

「今後もこの調子でがんばれよ」

と、二千数百円の料金に対して一万円を出し、お釣りを全部くれた。

いい話だなあ、と思った。

「僕と仲のいい同僚は、やはり初日に、××さんを乗せたそうです」

と、運転手さんはつづけた。××さんは、某大物演歌歌手だ。長距離で道がわからなかったので、その運転手さんも新人であることを告げ、教えを請《こ》うた。××さんは快く丁寧に道案内し、降りるときに二万円近い料金とはべつに、

「祝儀《しゅうぎ》だよ」

と三万円を置いていったそうだ。びっくりした運転手さんは必死に固辞したのだが、

「いいから、いいから。取っておきな」

と、××さんは颯爽《さっそう》と去っていった。

だれもが名前を知っているような大物は、やはりコセコセしていないもんなんですねえと、運転手さんとひとしきり語りあう。

こんな夢を見た。十四

02.19

「ということはですよ、死神さん。あっしのぶんの明日の朝飯は、

いったいだれが食えばいいんですかね？」

——『パルムの僧院』——

海外ミステリーを読もうとしたら、いきなりこういう文章が目に飛びこんできた。ほら、巻頭に聖書やらシェイクスピアやらの文言を引用して、作品世界の象徴にしたりするじゃないか。エピグラフというのか？　あれだ。

しかし、なんだろうこのエピグラフは。微妙に翻訳が古い。あと、『パルムの僧院』にこんな場面はないだろ！

「？」と思い、本（文春文庫っぽかった）のカバーを見てタイトルを確認したら、『フリーダ・カーロの冒険』とあった。

「？」が最高潮に達した。(※103)

(※103)　文字だけの夢というのをたまに見る。起きると眼球が非常に疲れている。

罠《わな》

02.26

ここんとこずっと火宅に籠もりっぱなしなのだが、仕事に行き詰まると気づかぬうちに逃避している。

だれか、だれか私のパソコンからウィキペディアを奪い去って！　そのまま海へ捨てて、お願いー！

危険すぎる。

ちなみにウィキで眺めた項目。

「競走馬」（一頭を調べるとどんどん血統をたどれるので、永遠に抜けだせないかと思った）↓「夏目雅子」（ふと、「『西遊記』を今度やるとしたら、配役はだれがベストだろう」と考えだしてしまい、参考までに。もちろん夏目雅子もとってもいいのだが、個人的には、三蔵法師は絶対に男性が演じるべきだと思っている）↓「伊集院静」（ここは配偶者つながり。伊集院氏が別名で作詞も手がけていたことをはじめて知り、驚愕《きょうがく》のあまり顎《あご》がはずれそうになる。マッチの『愚か者』！　キンキの『やめないで、

PURE』！　どっちもすごく好きな曲だよ！　でもウィキだから、もしかしたら間違いかもしれない。友人あんちゃんに速攻でメールしたら、「ええ、知ってましたよ」とのこと。ホントの情報かー！　疑ってすまん、ウィキ）↓「ケネディ暗殺事件」（なんで急に！）↓「レーガン暗殺未遂事件」（そうそう、あったよな）↓「ジョン・レノン暗殺事件」（どうやら暗殺つながりで止まらなくなったらしい）↓「キング牧師暗殺事件」（I have a dream）↓「マルコムX暗殺事件」（マルコメ味噌《みそ》を調べたい誘惑にかられるが、不謹慎かと自制）↓「腎虚」（だから、なんで急に！）

もはや脈絡というものがない。単語が次々に脳裏をよぎる。どんなコマギレの電波を受信してるんだ、俺は。大丈夫なのか。大丈夫じゃない。青字をクリックしつづけて、宇宙の果てまで飛んでいってしまいそうだ。

助けてー！　だれか、この悪魔の装置をマリアナ海溝に沈めて、お願いー！

遊園地考

03.02

ネズミ御殿(※104)が苦手というか、興味がない。一回だけ行った。

その一回というのは高校の卒業遠足で、学年全員が強制的にネズミ御殿に行かにゃならんかったのだ。ちなみに学年で、それまでネズミ御殿に行ったことがないのは私だけだった。学校の廊下で、一度も話したことのなかったひとからも、「三浦さん、ネズミ御殿に行ったことないってホント!?」と声をかけられた。にわかに時のひとだ。それって「時のひと」って言えるか?

行ってみると、「すごいもんだなあ」と思ったが、「まあ二度は行かなくていいか」とも思ったので、それきりだ。

某社編集A氏は、長年つきあった彼女と別れるか否《いな》かをふと考えたとき、

「いやいや、ここで別れたとして、また新しい彼女と、『ネズミ御殿に行く』などといったイベントを一からやり直さねばならない。それは非常に面倒くさい」


(※104) 千葉にある東京デ〇ズニーランドのこと。

と、思いとどまったそうである。なるほど。しかし待てよ？

「そんなの、行かなきゃいいだけのことじゃないですか」

「たいがいのカップルは、ネズミ御殿に行くんです」

えー、そうなんだー。

「私は、『ネズミ御殿に行こうよ』と言ったことは一度もありませんよ」

とアピールしてみたところ、

「そりゃ、三浦さんはね」

と鼻であしらわれた。Ａ氏は長年つきあった彼女と結婚している。くそー、ネズミ御殿という苦難（？）に打ち勝った既婚者の余裕を見せつけおってー。

たぶんネズミ御殿に対して、「行くのもやぶさかでない」か「どーでもいい」かで、明暗がわかれるのであろう。なんの明暗かって……、ほら、人生とか交際とか？　しょぼん。[※105]

（※105）もちろん、海御殿には行ったこともない。しょぼん。

創造主

03.12

なんの加減でか、「五十代半ばの脂《あぶら》ぎって腹も出た男性を、マイケル・ジョーダンだと自分に言い聞かせてセックスすることは可能か否か」という話になった。

「それは……、想像力を多大に浪費する行為ですね」

と私は言った。

「イマジネーションというより、もはやクリエーションですよ」

と某さんは言った。飽くなき挑戦にただ涙だ。イマジネーションを超えてクリエーションへ。日常（セックスにかぎらず）に活《い》かしたい金言である。

金言といえば

03.12

某社編集Kさんと話していて、目からウロコなことがあった。

私の友人には何人か、「母親からまったく褒められたことがない」というひとがいる。かく言う私もその一人だ。

家の手伝いをしても、いい成績を取っても、褒められたためしがない。まあそれは、極端に不器用なため家事を手伝われても迷惑とか、「いい成績」と言ってもあくまで自社比なのでたいしたことないからとか、そういうことだったのかもしれない。しかし、私が新しい洋服を買ってくると、必ずけなすのはなんでなんだ。あ、「てめぇに似合う洋服はねぇ」ということか。ぐぬぅ。

まあそういうわけで、母親というのは娘を褒めない生き物なんだろうと、私（および何人かの友人）は思っていた。そういうもんだと納得するしかないので納得していたが、長じてから、世の中には子どもを積極果敢に褒める母親もいるのだと知り、大変驚いた。俺の母ちゃんと交換してくれや！

というような話をKさんにしたところ、Kさんは言った。

「子どもを褒めない親というのは、たぶん、子どもを自分の身内というか一部だと、無意識のうちに強く思ってるんじゃないでしょうか。『自分（の身内、一部）を褒めるなんて、おこがましい』という謙遜《けんそん》が働き、褒めてのばしてもいい局面でも褒め言葉が出ないばかりか、『いい気にさせてはいかん』とけなしてしまうんでしょう。『はいはい』と聞き流しておけばいいのではないでしょうか」

なるほどー！　母親の娘であり（Kさんのお母さんも、どちらかというと「娘を褒めない派」だそうだ）、現在は自分自身も母親であるKさんならではの悟りの境地だ。

私の場合、ほんとに褒めるべき点がなかった（あっても、莫大《ばくだい》な欠点の数々に覆《おお》い隠されてしまうほど小さな点だった）から褒められなかっただけ、という気もしてならないが。ぐぬぅ。

03.20

リンダずくし

お金はさびしんぼだから、たくさんあるところに集まってきて巨大な群れを作る、という説をたまに耳にする。残念ながら懐《ふところ》がさびしんぼなので、説の真偽はさだかでない。ゲラはさびしんぼだ、ということだ。

ひとつ、たしかなことがある。

こいつらはなぜか、示しあわせたように群れを成し、総攻撃をかけてくる。そのあまりの激しさに、『狙《ねら》いうち』を熱唱する山本リンダの姿が脳裏をよぎるほどだ。

昼過ぎからずっとゲラを読んでいるのだが、一向に終わりが見えない。いつにも増して、異様に時間がかかるのはどうしてだろう。一息いれた拍子にふと机の横を見たら、ゴミ箱がティッシュでいっぱいになっていた。

そうか、ボールペンで一文字訂正を入れるあいだに、三回(※106)は鼻をかんでいるからか。鼻水が『どうにもとまらない』だ。水分が鼻から出すぎたせいか、顔の皮膚がしなびてきた。まったく『こまっちゃうナ』だ。

(※106)黄色い粒どものせいだ。

新文法

04.06

最近、漫画を読んでいて、ちょっと困惑するというか、「新たな文法なのであろうか」と感じることがある。

下(※107)の図を見てほしい。漫画の一ページだ。そうは見えないかもしれないが、俺の画力で精一杯、一ページを表現しているのだ。こういうコマ割りであった場合、吹き出しは数字の順に読むのが、従来の漫画の文法だったと思う。ところがだ。

下(※108)の図のような順でネームを読ませる例が、たまに見られるようになった。

慣れないので、非常に読みにくいというか、漫画の文法破壊ではないかと思えてならない。文法破壊とはつまり、その作品内の時間軸を、(意味や効果を狙ったわけではなく無自覚に)破壊することと同じではないか。

日本で印刷される漫画の大半は、ページの右側が綴《と》じられている。読者は、ページの左端をめくっていく。ということは、作品

(※107)

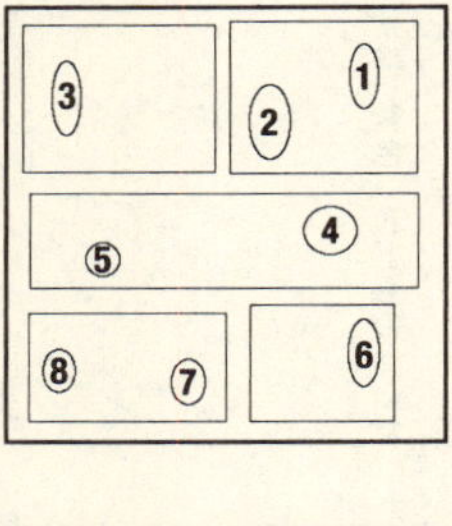

(※108)

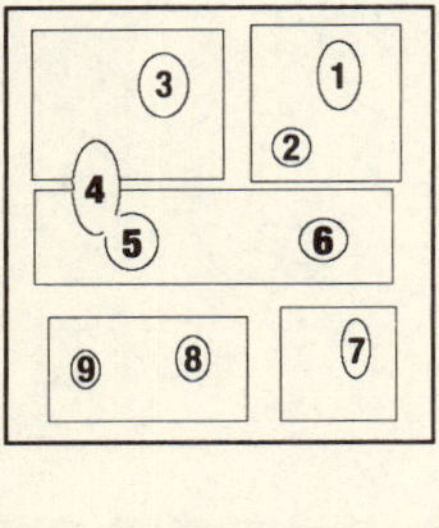

内の時間は常に、右から左へと流れていることになる。一ページのなかで見ても、コマは基本的に右から左へ進む。一コマのなかで見ても、吹き出しおよび人物の心情・動作などは基本的に、右から左に行くに従って「最新」のものになっていると考えていいだろう（ページの左側が綴じられている体裁の場合、流れは逆転する）。

下図[※108]「4〜6」の吹き出しの読ませかたは、右綴じで発行された漫画作品としては、いままでの文法からすると異例と言えよう。「異例」では済まないぐらい、最近よく見かけるのだが。

「なんじゃこりゃー」と、ちょっと思うのだ。「なんで唐突に、左から右へ進むんだー」と。順調に咀嚼《そしゃく》していた饅頭《まんじゅう》が、喉《のど》を逆流してきたかのような違和感がある。

二コマ目と三コマ目のつながりをなめらかにするための効果かな、とも思うのだが、もともと不連続の「コマ」を、連続しているかのようになめらかに読ませるのが、漫画家のネーム力と画力とコマ割り力の発揮しどころなのであり、それを支えていたのが、

「右綴じの場合、作品内の時間は基本的に右から左へ流れる」という漫画文法だったんじゃないのか。「4〜6」のような、「とりあえず吹き出しでコマをつないじゃえ」と言わんばかりの強引な手法は、かえって作品からなめらかさを削《そ》いでしまっている気がする。

しかしきっと、だんだんこういう吹き出しの読ませかたは増えていくのだろう。「作品内の時間は基本的に右から左！」などとうるさいことを言っていると、「擬古文調でしゃべるひとだねえ」みたいな目で見られてしまうようになるんだろう。くすん。

さらに擬古文調的口うるささを発揮してしまうが、気になる新文法は、実はもうひとつある。

下図（※109）「A」「B」はそれぞれ、ある一コマを抜きだし、拡大したものだと思ってほしい。思えないと思うが、思ってほしい。コマ内ではウサギとブタが向きあい、なにやらしゃべっている。真ん中に、二つの吹き出しがくっついて一つになったものがある。

こういう場合、従来の漫画文法では基本的には、吹き出しのセ

（※109）

リフは「ウサギ」か「ブタ」のいずれかが発した言葉である、と見なされた（「A」）。読者は前後の文脈から、吹き出しのセリフが「ウサギ」のものか「ブタ」のものか、瞬時に判断し了解していたはずだ。

ところが！　最近では「B」のようなパターンが散見されるのだ。二つの吹き出しがくっついて一つになっているにもかかわらず、結合した吹き出しの右側は、コマの右側にいる「ウサギ」のセリフ。吹き出しの左側は、「ブタ」のセリフなのである。

ぬあー、どういうことだ！　もし、「B」のようにコマ内にいる「ウサギ」と「ブタ」が両者とも言葉を発しているのなら、私の感覚では二つの吹き出しを結合させて一つにしちゃあかんのである。左右の吹き出しを分離独立させるべきじゃないかと思えてならないのである。(※110)

こう考えると、問題はコマ割り（時間感覚）にあるのではなく、吹き出しの処理方法の、（たぶん若い、一部の）漫画家と私の感覚の差違にあるのかもしれない。私はさしずめ、「だらだらと語

（※110）もしくは、結合した左右の吹き出しにそれぞれ、「ウサギとブタがしゃべってるんだよ」とわかる尻尾をつけるべきじゃないか。「B」のように話者が入り乱れて不明確な吹き出しのことを、私の漫画友だちのあいだでは「尻尾のちぎれた精子」と呼んでいる。

尾をのばしてしゃべるな」と怒る、頑固オヤジみたいなもんか。うわー、そんなオヤジにはなりたくないものだと念じてきたのに。自重しよう。くすん。

体臭

04.06

火宅近辺では、そろそろ桜も終わりだ。

以前から、梅の花はバナナに似た香りがすると思っている。同意を得られたことはない。梅干しや梅酒などにバナナ臭を感じたことはないので、なぜ花の香りだけ「バナナだ」と思うのか、我ながらよくわからない。

桜の花はずばり、桜餅《さくらもち》の香りがしますよね。梅や百合《ゆり》などに比べると香りが薄いのはたしかだが、桜の花もやっぱりにおいを発している。

近所をぶらぶら歩いていて気づいたのは、若木の桜のほうが、

花の香りが強いということだ。同じソメイヨシノでも、樹齢三十年とかになると、あまり香りがしない。[※111]

（※111）もしかしたら、樹高があるぶんだけ地面から花までの距離が遠く、香りが届かないというだけかもしれないが。

あれだな、「中高生男子は身体活動が盛んなぶんだけ足が臭い」というようなことだな。弟がいまより若かったころ、部活で履いた靴下を帰宅して私の頭に載せるといういたずらをしきりにしていたことを思い出し、ほろ苦い気持ちがこみあげたのだった。くさいっちゅうの。

桜はいい香りです。私は五年に一度ぐらい、春のうつくしさにものすごく胸打たれる傾向にあるのだが、今年は当たり年ではなかったみたいだ。フツーに、「春だなあ」とのんびり思うにとどまった。

濡《ぬ》れ場　04.13

これまでに読んだ無数のＢＬ的濡れ場について考えていて（べ

つに考えなくていいのだけど、考えていて）、ふと、「暗号濡れ場」とでも呼びたい表現があることに気づいた。
たとえば、
「……きだ、たろ……っ」（「好きだ、信太郎」と言いたいらしいが、喘《あえ》ぎに喘いでるので「浪花《なにわ》のモーツァルトことキダ・タロー」について、なにごとか告げたいかのような表記になっている）
「あ……てる、イ……っ」（「愛してる、イイ」と言いたいらしいが、喘ぎに喘いでるので「古代東北の英雄ことアテルイ」について、なにごとか告げたいかのような表記になっている。個人的には、愛を表明した直後にセックスの善《よ》し悪《あ》しについて申し添えることもなかろう、と思う）
などだ。右記二つは、いま勝手に考えた例だが、近い実例が無数のBL作品のどこかに絶対にあるはずだ。
暗号濡れ場を話の展開にうまく絡《から》めるというのは、どうだろう。
「あ……てる、イ……っ」と受が喘ぐのを聞いて、喘がせていた攻が、「それだー！」とガバリと身を起こす。

「なんだよ信太郎、いいとこでやめんなよ」

「のんきに合体してる場合じゃねえぞ、平助。いますぐアテルイの墓に行こう！」

「なんで！」

「今回の事件の鍵《かぎ》が、そこにあるからさ！」

ど・ん・な・事・件・だ。

発覚　04.17

驚愕の事実が明らかになった。

先日、火宅が更新時期を迎えた。この築二十年強の鉄骨アパートは、大変住みよく静かな環境だ。躊躇《ちゅうちょ》なく二度目の更新を決め、書類を不動産屋さんに送った。

するとしばらくして、不動産屋さんから連絡が入った。

「あのですね……」

と、なんかモゴモゴしている。「さきほど登記簿を確認しましたところ、お客さまがお住まいの火宅は……、鉄骨造じゃなく木造だと判明しましたすいません！」

なんですとー！

四年前に新規契約したときも、二年前の一度目の更新時も、建物の説明には「鉄骨」と書いてあった。いかなる錬金術によって、鉄が木に変容したのか。錬金術は等価交換の原則に基づくと鋼の(※112)錬金術師は言っていたが、鉄が木に変じることによって、庇《ひさし》が出っ張ったり引っ込んだりするのではないか。

あんまりおかしくって、「あわあわあわ」と言っていたら、不動産屋さんはたいそう恐縮した様子で、

「あの〜、更新はどうなさいますか？」

と聞いてきた。鉄が木に変わったところで、ここ数年来、心地よく住んできた事実は変わらないので、

「いや、もちろん更新します」

（※112）エドワード・エルリック。『鋼の錬金術師』（荒川弘／スクウェア・エニックス）

と答えた。

鉄骨造でも木造でも、かまうものか。火宅は校倉《あぜくら》造りだ！　そう思うことにした。

これが汚宅だ

04.26

火宅玄関ドアの内側のノブには、「のだめちゃんマングース人形」がぶらさがっている。(※113) コミックスの初版限定版付録で、本屋さんを何軒もハシゴして手に入れた自慢の品だ。腹を押すと、「ぎゃぼっ」と声を出す。とてもかわいい。

先日、深夜に宅配ピザを頼んだ。だから太……いや、いい。それはいま問題ではない。

ピザ屋の兄ちゃんは、開けた火宅のドアを腰で支え、「こちら、Mサイズのピザとなっておりますー。お熱いのでお気をつけくださいー」などと、俺的にはまちがいだらけだと思える言葉遣いで、

(※113)『のだめカンタービレ』(二ノ宮知子・講談社)

保温バッグから注文の品を取りだした。

そのあいだ、兄ちゃんの腰で押されたマングース人形が、「ぎゃぼっ。ぎゃぼっ」と言いつづけている。私は気が気でなかった。なんつうかこう、「しぃっ、マングース！　すかしっ屁《ぺ》で頼む！」って拝みたい気分だった。

なんとかマングースの声をごまかそうと、さりげなく足踏みしてみたりしてたのだが、ついに兄ちゃんがたまりかねたように、

「……あの、なにか？」

と、私にこわごわと視線を寄越した。

ちがーう！　「ぎゃぼっ」て言ってるのは、あたしじゃなーいっ！

「いえ、そうじゃなくて、あの、その、そこにぶらさがってるマングースなんです！」

必死になってノブを指したら、兄ちゃんは「えっ」と言って腰を引き、はじめてマングース人形の存在に気づいた。

「なんですか、これ……」

と、マングース人形を怪訝《けげん》そうに眺める兄ちゃん。

「漫画のキャラ……げほげほ、まあとにかく、それを押すと『ぎゃぼっ』て言うんですよ！」

「あ、ホントだ」

と、うれしそうにマングースの腹を押して「ぎゃぼっ」と言わせる兄ちゃん。

私たちは、「うふふ」「うふふ」って感じになって、「じゃ、ありがとうございました～」「はい、どうもお世話さまですー」と円満に挨拶《あいさつ》を交わしたのだった。

ふぃー、マングース人形を楽しんでくれる兄ちゃんでよかったよ。しかし、いい年してドアノブに「のだめちゃんマングース人形」をぶらさげてるのは、やっぱりあかんかったかな。そして、兄ちゃんが玄関から目撃したであろう火宅内部は、のだめちゃんの部屋なんて目じゃないぐらい壮絶に散らかってるんだけど、やっぱりあかんかったよな。

ぎゃぼーっ！

ちんまりした逃走

04.27

どうして、「昼」にだけ「お」がつくのだろう。「朝」と「夜」にはつかないのに。

例一：×「お朝」○「お昼」×「お夜」

例二：×「お朝ご飯」○「お昼ご飯」×「お夜ご飯」

派生疑問一：あ、でも「お夕飯」とは言うな。「ご夕飯」も、言わなくもない。でも「お夕方」「ご夕方」とは言わない。それでいくと、「今朝方」とは言うが（「朝方」とも言うかな）、「今昼」という言葉はない気がするし、「昼方」とか「今夜方」とも言わない。

例三：○「ご朝食」○「ご昼食」○「ご夕食」

例四：△「ご夜食」↑「絶対に言わない」とまでは言い切れないが、あまり言わない気もする。○「お夜食」↑この場合、「夜ご飯＝夕飯」の意ではなく、夕飯のあと、もっと夜が深まってから食べる、軽食を指す言葉になる。

派生疑問二：となると、「お夜食」同様ちょっとお菓子などをつまむ「おやつ」「お十時」「おめざ」などを、「ごやつ」「ご十時」「ごめざ」などとは言わないことと通じるのか？

うーん……？

あ、少しわかってきた。「朝食」「昼食」「夕食」「夕飯」「夜食」は、「それぞれの時間に食べるご飯（料理）」という物体を指す名詞だ。よって、「お」でも「ご」でも自由につければよい、って感じなんだろう。唯一《ゆいいつ》、「夜食」だけは軽食なので、「『ご』までつけることはあるまい。『お』で充分じゃ」という感覚があるので、「お夜食」という言いかたがしっくりくるのかも。いや、「お」か「ご」かは、単に語呂《ごろ》とか語感のよさで決まるのかもな。

でも、「おやつ」「お十時」「おめざ」は、具体的な時刻（「八つ時」「十時」「目が覚めた時」）を指す名詞が転じて、「その時刻に食べるもの」を指す名詞になっている。この場合、なぜかはよくわかんないけど（漢語っぽい表現じゃないから？）、「ご」ではなく「お」のみをつけるのではないか。

するとこういうふうに考えられる。

「朝」(※114)や「夜」には時間的な幅があるが、「昼」にはずばり、「正午＝午後〇時《れいじ》」を指す意味もある。つまり「昼」は、「昼＝正午＝午後〇時」という具体的な時刻を指す名詞が転じて、「なんとなーく午後〇時近辺の、明るい時間帯」を指す名詞になったのではないか。よって、「おやつ」などと同じく、「昼」にも「お」をつけられる。

しかし、「朝」や「夜」には具体的な時刻を指す意味が備わっていないので、「お」はつかない。

ふむふむ。右記のように考えると一応、「『お』昼問題」の説明がつく気がする。説明がつかないのは、「派生疑問一」についてだ。

「夕方」に「お」をつけないのは、具体的な時刻を指す名詞ではないから、かつ、「お」や「ご」をつけるほど大層な名詞でもないから、だろう。「朝」や「夜」に「お」をつけず、「冷蔵庫」に「お」や「ご」をつけないのと同じだ。


(※114) もっと厳密に考えると、「昼」と言って午後〇時より前を連想するひとは、あまりいないのではないか。午後〇時前は、「昼前」である。「今日の昼にさぁ」と言われたら、やっぱり午後〇時以降のきわめて短い時間帯（せいぜい午後一時ぐらいまで）だと解釈するひとが多数だろう。もうちょっと時間に幅を持たせて、午前十一時ぐらいから午後三時ぐらいまでのあいだに起きた出来事について語りたい場合は、「今日の昼間にさぁ」となる。

では、

一、「夕方」「朝方」とは言うのに、「昼方」「夜方」と言わないのはなぜだ。

二、「今朝」「今夜」、そしてこれは口語ではあまり使わないが「今夕」とは言うのに、「今昼」と言わないのはなぜだ。

うーん……？

あー、わかった気がする。一については、境目が曖昧《あいまい》か否かによるのではないか。

「夕」は、「だんだん明るさが失《う》せていく時間帯」のこと、「朝」は、「だんだん明るさが増していく時間帯」のこと。だから、「〜のほう」というニュアンスのある「方」をつけることができる。

しかし、「昼」や「夜」は、きっぱりと「昼」であり「夜」である。太陽が昇ったり傾いたりする気配を見せず、堂々と空にある時間帯が「昼」であり、太陽の姿が影も形も見えない時間帯が「夜」だ。「方」という漠然としたニュアンスを持つ言葉をつける必要はない。よって、「夕方」「朝方」はアリだけど、「昼方」「夜方」はない。

二についてはやはり、「昼」が具体的な時刻をも示す言葉であることと関係していそうだ。「昼」と言えばそれだけで、「午後○時（から、せいぜい午後一時ぐらいまで）」を指すとわかるので、そこにさらに、「本日の」と時間を限定する「今」という言葉をつけるには及ばない、ってことではないか。

ふーむ、ふむふむ。どうだろなあ。以上の推測で合っているのだろうかなあ。

ていうか私はなぜ、こんなことをウンウン考えちゃってるのか。

現実っつうか原稿からの逃走でござる。いま書いてるもののなかに、「お昼」って言葉は出てきてないのに！

合い言葉　05.09

U(※115)さんと私の最近の合い言葉は、

（※115）我が漫画仲間にして、本書（単行本版）の担当編集者でもある。

「不謹慎ですが、萌《も》えてしまいます」

だ。

国宝

05.09

先日の夜、大きめの地震があった。木造と判明したうえに漫画でいっぱいの火宅。いったいどうなることかと、あわてて靴下を履きながら（火照《ほて》るので脱ぎ捨てていた）揺れのなかで気を揉《も》んだが、ことなきを得た。がんばりやさんだな、火宅！　その調子で頼むぜ、火宅！

滋賀県出身Nさんはそのころ、自宅マンションがありえない軋《きし》みを立てて揺れるのを感じながら、必死になってズボンを探していた。パンイチで避難するのはちょっといやだからな。ていうか、自室とはいえ、この季節にパンイチでいるのはどうかと思うがな。腹が冷えるだろう。

「私、風呂に入るまえは必ず、『いま地震が来たら、どうしたらいいだろう』と考えます」

と、Nさんは言った。

「えー[※116]、私は全然考えたことありません」

と、私は言った。

「そうですか。私があまり風呂に入らないのは、入浴中に地震が来たら困るからかもしれません」

「いや、それは後付けの理由ですよね」

うん。

と書いていたら、地震だ！　ぎゃー。がんばれ火宅！

……なんだろう、最近地震が多い。日本列島全部沈没するんじゃあるまいか。こわいな。

しかもこのタイミングで、トイレに行きたくなってきた。どうしよう。どうしようもない。

……いま揺れませんように、と念じながら小用を足してきた。ふぃー。

（※116）だからパンイチなんだな、きみは。

国宝つづき

05.09

地震に動揺し、前回の日記はなにが「国宝」なんだか、わからぬうちに終わってしまった。

火宅が木造だと判明して以来、「私が住んでるマンションも、どうも木造なんじゃないかと思うんです」という声が多数（二、三件）届いた。

滋賀県出身Nさん、改め、パンイチ氏のマンションもそうだ。地震でありえない軋みを立てて揺れたのは前述のとおりだが、雨の日も、ありえない雨音にさらされるらしい。

「家のなかにいるというよりは、軒下で雨宿りしてるかのような音が天井からするんです。あまりにうるさくて、『これならいっそ、表に出たほうがましだ！』と思うほどでして」

とのことだ。同志よ、私も毎朝、屋根を歩くカラスの足音で目を覚ましている。

某社編集MJさんの住むビルは、上の階からの音漏れがひどいらしい。MJさんは、ほうきで天井を突きあげて上階の住人に抗議しつつ、「もしや木造?」という疑念を抱いている。しかし、ほっそりした九階建てのビルなのだ。

木造九階建てって、無茶だろ! 細くて背の高い木造建築って、それ法隆寺とか薬師寺の塔だろ!

MJさんの住居を、「国宝ビル」と呼ぶことにした次第である。

ところで　05.09

杉本亜未の『ファンタジウム』(講談社)は、すごくいい! 友人あんちゃんに教えてもらったのだが、大当たりだった。未読のかたは、ぜひお読みになってみてほしい! と思ったので、さっそく友人Hに勧める。Hは『ファンタジスタ』というタイトルだと勘違いしていて、「見つからん!」と憤慨したそうだ。『ファンタジスタ』って、どんな漫画なんだろう。やっぱりサッカー選手が出てくるのかな。ちなみに私、『チーム・バチスタの栄光』（海堂尊《かいどうたける》・宝島社）を、読みはじめてちょっとするまで、「スペインのサッカーチームの話」なんだろうと勘違いしていた。なんでだよ。自分が謎《なぞ》だ。

話をもとに戻して、正しいタイトルは『ファンタジウム』だとやっと気づき、無事に入手して読んだHの感想も、「すごくい！」だった。

やっぱり、いいよな。うむうむ。

一筋の光明

05.12

コンビニ(※117)のレジまわりに関する人称視点問題について、一人悶々《もんもん》とする昨今なのだが、ついに本屋さんでも問題に遭遇した。

吾輩がよく行く本屋さんは、カウンターにレジが二台あるのだ。客はカウンターに向かって左側に、一列で並ぶのだ。吾輩、また

(※117) 詳しくは拙著『悶絶スパイラル』（新潮文庫）略して『悶スパ』をお読みくだされ。ＣＭでした。

もBLを大量に抱えて並んでおった。すると、カウンターに向かって右にあるレジの店員さんが接客を終え、「このレジ、空いたよ～」と手を挙げて合図しながら、「お次のお客さま、手前(※118)のレジへどうぞ」と言った。

おかしいだろう！　貴殿から見れば、貴殿のいるレジは「手前にある」だろうけれども、拙者から見れば、「手前」のレジはカウンターに向かって左にあるレジであり、貴殿のいるレジは「奥にある」と認識されておるのだ。左にあるレジと拙者との距離（近い）、貴殿のいるレジと拙者との距離（遠い）を比べてみれば、そこらあたりのことは一目瞭然《いちもくりょうぜん》だろう！

「俺にとっては、ぜんっぜん『手前』じゃねえ！」と悶々としつつも、むろんのこと、黙って会計してもらった。

帰宅してBLを読みふけるあいだも、「いったいどういうことなのか」と、お脳の片隅で考えつづける。そして一筋の光明が射《さ》した。

はっ、もしや！　もしや店員さんの言った「手前のレジ」の

（※118）

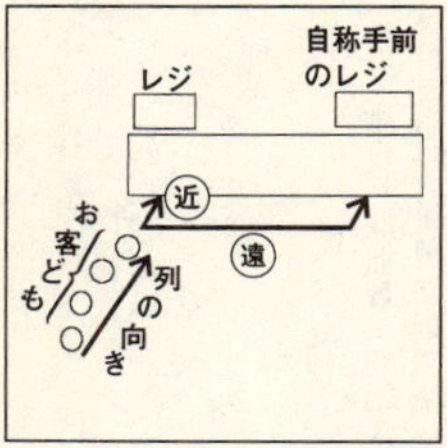

「手前」とは、

「てまえ、生国と発しますは武蔵国《むさしのくに》、武蔵国と申しましても広うございますが、片隅のまほろ村(※119)、まほろ天満宮で産湯《うぶゆ》をつかい、うんぬんかんぬん、以後、どちらさんにもお見知りおきいただきますようおたの申しあげます。いやいやいや、おあにいさんからお手をお上げください。いやいやいや、それでは若輩者ではございますが、同時に手を上げさせていただきやす」

ていうときの、あの「手前」の意か⁉

ウォ、ウォーラー‼

ヘレン・ケラーが水を水だと認識したときのような大悟を得たのだった。

なるほど、そういう意味の「手前」なら納得だ。ちょっと江戸時代の番頭さんみたいだがな。


(※119) 拙者の住む町の仮称。別名、ワイルドシティーまほろ。東京郊外。

ホームの下を流れる川

05.23

先日、小田急線で新宿に向かっていて、不思議なものを見た。電車が下北沢駅に停車しているときのことだ。

下北沢は、下り線路、下りホーム、上り線路、上りホーム、という配置（?）である。私は上り電車に乗っており、進行方向に向かって右側のドア口に立っていたため、ドアの窓のすぐ隣に下りホームがあった。それで、電車の停車中に見るともなしに下りホームを見ていたのだが、ふと下りホームの下に視線を移したら、川が流れているのである。いや、川じゃなく泉だったのかもしれない。とにかく、澄んだ水がホームの下にけっこうな幅と深さで流れて（もしくは、こんこんと湧《わ》いて）いるのである。

目を疑った。ちなみに下北沢駅は現在工事中だ。☆ホームの下も工事で掘り下げているようだ。

地下水でも掘り当ててしまったのか、あるいは暗渠《あんきょ》になっていた川が工事によって姿を現しているのか。

☆その後、工事はだいたい終わり、下北沢駅はぴかぴかの地下ホームになってしまった。あの川はなんだったのか、いまもたまにぼんやりと思い起こす。

ドアの窓に顔をくっつけるようにして、ホームの下の謎の水を凝視する。水はやっぱりものすごく澄み、わずかに射しこむ日の光を白く弾《はじ》いて流れて（あるいは湧いて）いるみたいだ。電車はすぐに発車したし、そのとき私は徹夜明けのうえに眼鏡をかけていなかったので、見間違いかもしれない。なんだったんだろう。ホームの下を流れる川なんてあるんだろうか。

うつくしく不思議な夢を見たような気分だ。

06.09

寺山修司ふう？

パンイチ氏と、最近の我らがいかに心もとなく先行きの見えない綱渡り状態にあるかを語っていて、

「『生まれるまえから行方不明』って感じですよ！」

「まったくです！」

と、ジョッキが割れる勢いでビールで乾杯する。
そのときは「名言だ！」と思い、手帳にまで「生まれるまえから行方不明」と記しおいたのだが……。疲れていたのだろう。

文明の利器

06.10

携帯ていうかピーエイチエスで日記を書いてみる。もうお察しかと思うが、アルファベットの大文字をどうやって出すのかわかってない。ついでに言うと、ちっちゃい「つ」や「や」などの出しかたも不明。予測候補として自動的に単語が表示されるときはいいが、そうではないときは「おもて」「しめす」と打つて、漢字に変換し、送り仮名を消すこの手間！　て書くあいだにもちっちゃい「つ」が出せなかつた（また！）ことにお気づきだろう。(※120)チマチマ打つてると、憤怒《ふんぬ》！　つて気分になるよ。

（※120）その後、ちっちゃい「つ」や「や」やアルファベットの出しかたは習得したのだが、今度はPHSからブログに投稿する際のパスワードを忘れた。紙の日記帳が恋しい……って、これまで日記をつけたこともないのに恋しがる昨今だ。

深い溝

06.22

某駅ホームで見かけた、三十代男女。もしかしたら夫婦かもしれない。いずれも堅実そうな、どちらかといえばおとなしい感じの会社員風である。

この二人、喧嘩《けんか》している。女性のほうは涙目になって、しかしものすごく小さな声で、「約束したじゃない、どうしてよ」と男性をなじりつづけているのだ。男性のほうはといえば、ときどき女性よりもさらに小さな声で、「どうしてって、説明したじゃないか」的なことを反論するのみで、大半は黙ってうつむいている。「うるさいなあ」と言いたいけど言えない風情《ふぜい》で、そっぽを向いたりもする。

電車がホームにやってきたので、むろん、二人のあとについて同じドアから乗車する男女関係観察人の俺だ。

三十分ほど乗車していたのだが、そのあいだ男女は喧嘩を続行した。女性は、車外の暗さによって鏡状になった窓を指し、「言い訳はやめて。自分の顔をまっすぐ見られるものなら、見てごらんなさいよ、さあ」と、男性に対してかなり怒っているのである。すごいな、と思う。ほとんど凶悪犯罪者に対する刑事の鋭い追及なみ（イメージ）だな、と思う。己れの顔を直視できるものならしてみたまえ。おまえのお母さんも泣いてるぞ。

あいかわらず、ものすごく小声の糾弾と、さらにものすごく小声の反論なので、詳しいことはあまりよく聞こえない。俺の耳がダンボになりすぎたせいで、ただでさえ混雑したドア口付近をさらに狭めてしまった気がする。小声喧嘩に気づいているのは、俺と、俺の向かいに立っていた乗客（男女各一名ずつ）だけのようだ。「大変なことになっちょりますな」「まことに」といった視線が、俺と俺の向かいに立っていた乗客（男女各一名ずつ）のあいだで交わされ、好奇心のトライアングルを築く。トライアングルの真ん中で、くだんの男女の小声喧嘩はつづく。

たぶん、この男性は相手の女性に、軽く一時間は糾弾され、なじられつづけているはずなのである。にもかかわらず、女性の怒りは収まることを知らず、喧嘩はゴールする場所を求めて無限のループを描くばかりなのである。

俺は後ろ髪を引かれる思いで、小声喧嘩の男女を残し、しぶしぶ先に下車するしかなかったのだが、わかったことがある。

女性は「どうして」に対する答えが欲しいのだ。男性はどうやら、二人のあいだの約束事を破ったらしい。破ったことについて、もちろん、その理由を女性に対して説明したのだろう。しかし、女性は納得していない。男性は、もう説明したんだからいいだろ、と思いつつ、嵐《あらし》が収まるのを黙って待っている。

第三者（俺）から見ると、「気の毒になあ」と男性に同情する気持ちが生じる。しかし、「ばかだなあ」とも思うのだ。黙っていては、嵐が停滞するばかりではないか。女性のほうは、とにかく「言葉」を求めているのだから。

こういう場合、男性はひたすら説明すればいいのだ。自分にとっての理由とか言いぶんを説明するのではなく、「女性が欲しているラインに沿った説明」をすればいいだけのことだ。

感情を曲げ、事実と反した説明をするのは男らしくない、と考えるひともいるかもしれない。あるいは、そんなのは誠実な態度とは言えない、と感じるひともいるかもしれない。が、所詮《しょせん》は個人的関係にある男女間の喧嘩である。相手の求めるストーリーに則《のっと》った説明を、いかにも「俺も遺憾であるよ。ほんとにごめんね」と思ってるような素振りで語っておきゃあいい。相手とこれからも仲良くしたいという気持ちがあるのならば。

たぶん多くの女性は、言葉を欲する。べつに、「愛の言葉」という意味ではない。早い話、納得できる「理屈」が欲しいのだ。理屈を言葉で説明してくれる態度に、女性は男性の「愛」を見いだす傾向にある。

彼女の欲するところに気づいているのに気づかぬふりで、沈黙で抗しようとするのは、怠慢であり演技力の欠如と言えるのではないか。もし、彼女がなにを欲して小一時間も糾弾しつづけているのか気づいていないのだとしたら、それは言語解析能力と想像力の欠如と言えるのではないか。

男性はもしかしたら、「まあ帰宅してから、夜的方法で仲直りすればいいだろう」と考えているのかもしれない。だが、そいつは甘いぜ、とほくそ笑む俺だ。表面上は感情を爆発させることもなく、しかし長時間にわたって相手をなじりつづけられる女は、たぶん百万年たっても、男が言葉を尽くそうとしなかったことを覚えている。休日に昼食のパスタを作っているときなどに、男が言葉を尽くさなかった事実をふと思い出し、ついつい塩を多めに入れちゃったりするはずだ。

女と仲良くしたいと願う男は、執念深くなく言葉を求めない女を探すといいだろう。しかし残念ながら、執念深くなく言葉を求めない女は、存在しないのである。こわいですね。

ばあちゃんと俺日記

06.22

事情があって、御年九十歳の祖母としばらく一緒に暮らすことになる。

大河ドラマ[※121]を見る。篤姫《あつひめ》と山南さん[※122]（ちがう）はまだデキていない、と前回までのあらすじを説明してくれる祖母。

俺が皿洗いに立った隙《すき》に二人が同衾《どうきん》していたので、「おお、ついに!?」と聞くと、「今晩のところは、まだですね」と報告してくれる祖母。

ばあちゃんと俺日記。二

06.23

昼ドラ『花衣夢衣』を見て、「あぶないっ、あぶないっ」と画面のなかのひとに注意を促す祖母。

（※121）二〇〇八年放送のNHK大河ドラマ『篤姫』。篤姫を演じたのは宮崎あおい。

（※122）徳川家定を演じた堺雅人のこと。二〇〇四年の大河ドラマ『新選組！』で山南敬助を演じていたので、山南さん。

ばあちゃんと俺日記。三

06.24

寝違えたらしく、人生史上最高に首が痛い。左右にも上下にも一センチたりとも首を動かせない状態だ。

祖母の家の台所のシンクが、昔のひと向けなのか、大変低い。うつむくことができないので、ブラインドタッチで（？）人参《にんじん》やら大根やらを切りまくる俺。うわーい、一回たりともまな板を直視できなかったわりには、おいしい豚汁ができたぞー。さあ、ばあちゃん、飯食おうや。

「あなた、極道な商売しているから（同業者のみなさんおよび極道のみなさん、すみません。祖母に悪気はないんです）、おうちのこととか全然できないんだと思ってたわ。わりと家事もやれるのねえ。安心しましたよ」

と、しみじみと言う祖母。そりゃまあ、豚汁ぐらいは作れます。ロボットよりもギクシャクした動きが気になったのか、祖母は俺の首を揉むと言って聞かない。九十歳の祖母（骨粗鬆症《こつそしょう》のうえに左手首を骨折中）に、首を揉ませてしまう俺。ありがとう、ばあちゃん。おかげで、まだ赤べこには負けるが、ちょっとずつ首が動くようになってきた。

しかし俺の首を揉みながら、「最近のひとにはめずらしく、太ってるわよねえ」と言うのはやめてくれないか、ばあちゃん。就寝まえに思い出したように、「やっぱりLサイズなんでしょ」と聞いてくるのもやめてくれないか、ばあちゃん。

ばあちゃんと俺日記。四

06.25

ばあちゃんの部屋の窓から見える電線に、毎朝カラスが二羽とまっている。いつまでもいつまでも寄り添い、たまに互いの羽をくちばしで丁寧に繕ってやっている。

カラスにも愛がある。にもかかわらず俺は……、と思うと切ない気持ちだ。

それとも、彼らのあいだに愛があるようだと感じるのは、見ている俺が人間だからなのだろうか。

ばあちゃんと俺日記。五

06.26

祖母が朝晩揉んでくれたおかげで、俺の首はずいぶんよくなってきた。

再放送のドラマ『花より男子』で、記憶喪失になった道明寺と動揺するつくしちゃんを見て、「いつの世も男女ってのはままならないわねえ」と嘆息する祖母。うん……、え、そういう話？

それにしてもばあちゃん、テレビ見すぎとちゃうか。若い芸能人にもものすごく詳しくて驚く。

ばあちゃんと俺日記。六

06.27

おじが様子を見にきてくれたので、ばあちゃんと一緒に寿司《すし》をご馳走《ちそう》になる。うまうま。

「遠慮せずに飲んでいいぞ」というおじの言葉に甘え、一杯だけのつもりだったのが、いつのまにか測定不能な量の芋焼酎《いもじょうちゅう》を胃に収める俺。

九十歳の祖母に介抱ていうか介護されて部屋まで帰る俺。

人・間・失・格！

ばあちゃんと俺日記。七

06.28

連日のばあちゃんの揉みと、昨夜の酒精が効いたのか、首が完治する。

もう赤べこにだって負けん！

朝になって、ホタルイカの干物《ひもの》とメザシがおじから届く。そういえば昨夜、つまみとして出されたホタルイカの干物が激うまで、「なにこれ、はじめて食べた。すごくおいしい！」と感動した記憶がある。俺の鯨飲ぶり（まさにクジラなみであったことよ）に、おじが引いていた記憶もあるのだが、わざわざ届けてくれるとは……。ありがとう、おじさん！

ホタルイカの干物とメザシを持って、友人Hの家に遊びにいく。ひさしぶりに会った友人伊佐治《いさじ》（仮名）とともに、これまた記憶が飛ぶぐらい長時間飲み。Hの娘（一歳半）が、「どうしたらいいのやら」というぐらいかわいくてヤニさがる。Hの夫えなりさん（仮名）に、いつものごとく迷惑をかけまくったのは言うまでもない。ホタルイカは友人たちにも好評だったので、それだけが救いだ。

いつでもどこでもだれが相手でも、介護されてしまうはた迷惑な酔っぱらいである俺。

週末はしばし、ばあちゃんとの生活はお預けだ。

07.05

途中大幅に略

日記に大量の空白地帯が生じたが、仕事したり母に全力で人格否定され大喧嘩したりしていた（後者はわりといつものことだ）。母への憤《いきどお》りがあまりにも高まったので、脳内で絶縁状を三十通ほどしたためる。三十一通目を（脳内で）書きかけたところで、さすがに文面のレパートリーも尽きたので、飽きて「もういいか」という気分になった。

人生で八一〇一七回目(※123)ぐらいの母との大喧嘩であったが、そこから導きだされた箴言《しんげん》は以下のとおりだ。

「人間は相手に対して、心にもない『いい事』（つまりお世辞）を言うことはできるが、心にもない『悪い事』を言うことはほとんど不可能だ。悪口、ののしり等は、常日頃、心のなかで思っているから口から出るのである」

人間の真実を喝破してみせたわい、などと一瞬思ったが……、これはもう、どっかの箴言集に載っていそうだな。

(※123)「ヤッチマイナ回目」と語呂合わせで覚えよう。歴史の試験に出るかもしれない。

ばあちゃんと俺日記。八

07.06

「私が子どもを育ててるころには、ゴジラとか『こういう格好』をするのとかがはやっていた」と祖母。

ゴジラから類推し、「……ウルトラマン？」と聞くと、「そう！」とのこと。

ばあちゃんが「こういう格好」と言ったときに取ったポーズは、ナチス式の敬礼のようだったが。

そんな会話をしつつ、今週も大河ドラマを見るばあちゃんと俺だ。山南さん（ちがう）が死にそうな予感満載で、「長生きして、上様！」と号泣する俺。「まあまあ」となだめる祖母。

篤姫と上様が白い着物で床《とこ》に入るたび、「おおっ」「今夜こそ⁉」と色めきたつばあちゃんと俺。しかし今週も二人の仲にフィジカルな進展はなし。

もう、このまま清らかでもいい。大きくならなくてもいい（「どこがだ」とか、言わないでほしい。丸大ハンバーグの懐《なつ》かしいCMに敬意を表して言ってみただけだ)。とにかく体をおいといください、上様。

ばあちゃんと俺日記。九

07.07

「あんなのは田舎紳士だわね」

「……活字では見たことあったけど、はじめて生で聞いたよ、その単語」

「そう? 新語だと思うけれど」

いつの時代の。

ばあちゃんと俺日記。十

07.08

また祖母に、「あなたのおなかじゃ、机と椅子《いす》のあいだに入らないわねえ」と言われる。
殺！
と思ってもいいか、ばあちゃん。

ばあちゃんと俺日記。十一

07.09

めでたく左手首のギプスもはずれ、リハビリに通う祖母。
ところが理学療法士も、齢《よわい》八十を超えるおじいさんなのである。
その年で現役で活躍しているとは尊敬に値するかただが、齢九十の祖母とのあいだで、嚙《か》みあわない会話が延々とつづく。
理学：「ずいぶん動くようになってきましたよ」
祖母：「はい？　すみませんねえ、私、左耳が聞こえづらいんですよ。右側から言っていただけますか」
理学：「（彼も聞こえてないので、あいかわらず左側から話しかける）そういえば先日、〇〇町のウナギ屋がおいしいと言ってらしたでしょう。偶然、べつの患者さんからも話を聞きましたよ」
祖母：「ウナギ？（好物なので、かろうじて聞き取れたらしい）はいはい、好きなんですよ。ところで先生、まだちょっと手を動かしにくいんですが、いつ治るかしらねえ」
理学：「マッサージしますから、ちょっと移動して」
祖母：「またお湯につけるんですか（と、てんで見当違いのほうへ歩いていこうとする）」
理学：「いえいえ、もうお湯は終わりです。マッサージするから、椅子に座って」
祖母：「あら、丁寧に揉んでくださって、ありがたいですねえ」
理学：「え、なに？　痛いですか？」
祖母：「どうにも足腰弱っちゃって、若いひとに世話かけることになってしまってねえ（「若いひと」って、つまり八十歳の理学療法士氏を指すらしい）」
理学：「痛いと思いますが、腫《は》れもね、そのうち引いていきますから。あせらずにね」

嗚呼《ああ》、老・人・界！

二十分間、ずっとこの調子だ。しかし噛みあわないながらも、二人とも楽しそうに会話（なのか？）している。おもしろいので通訳を買ってでることはせず、黙って観察するにとどめておいた。

ブラッケスト　07.13

ものすごく腹黒い愚痴をマーライオンのごとく吐きだしてしまうときがあるのだ。

いけないいけないと思っても、親しいひとのまえだとついたが、が緩んで言ってしまっては、「こんな繰り言をお聞かせするべきじゃなかった」と反省する。

ザ・ブラッケスト・マーライオン。あら、ちょっとバンド名みたい。

だけど文法まちがってるよな。わかってる。

散　髪

07.13

ふいに思い立って髪を切ることにする。

あまりにも唐突に思いついたので、いつもお世話になっている美容院ではなく、通りがかりの店に入った。俺の散髪を担当してくれたのは、背が高くて痩《や》せてて髭《ひげ》がちょっと生えてて長髪を後頭部でおだんごにしている、かっこいい男性だった。

イケてる大国主《おおくにぬし》みたいだな、と思った瞬間、ただ髪を切ってもらえばいいと考えていた俺に天啓が降ってきた。

「どういう髪型にしますか？」

と大国主（仮名）に聞かれ、

「『小汚いイエス・キリスト』(※124)みたいな感じに」

と答える（↑天啓）。

大国主は動揺も見せず、「……わかりました」と言った。

わかったのか。すごいぜ、大国主。

それから二時間ほど、大国主は俺の髪の毛と格闘してくれた。

（※124）『聖☆おにいさん』（中村光・講談社）を読んで、「イエスいいな」と思っていたからかもしれない。え、じゃあこれって、コ、コスプレ⁉

伸びっぱなしになっていた髪をバッサバッサと適度な長さに切り、ゆるくパーマをかけるべく奮戦する大国主。しかし俺の髪は究極の健康毛なので、パーマ液がうまく浸透しないらしい。

二時間後、なんとかパーマをかけ終えた大国主は言った。

「……どうですかね、神さまっぽくなって……ませんね」

「ええ、まあ、はなから無理な注文をした私がいけませんでした」

髪型の問題ではなく、俺の顔の輪郭の問題（丸すぎ）である。そこはこれからダイエットするということで、大国主と私はガッキと握手したのだった。

神さまを目指すには煩悩《ぼんのう》が顔ににじみですぎている、という点については、大国主も私もあえて目をつぶった。

鍛　錬

07.16

まずい、ぜんっぜん原稿進まないよ。進むはずねえよ、こう暑くっちゃあ！

と、またもブラックスト・マーライオンになったところで、ひさしぶりに読んだ本について書いてみることにしよう。「ひさしぶりに」というのは「書いてみることにしよう」にかかるのであって、読書は毎日しちゃっている。しちゃってるから原稿進むわけないのだ。開き直りマーライオン。(※125)☆

『美男の達人』（小林典雅・白泉社花丸文庫）だ。あらすじからして妙だったので、「これは……？」と思い買ってみたら、内容もとんでもなく妙でおもしろいBL小説だった。

出会いがないと嘆く貴男《あなた》のための「美男塾」。そこに入塾すると、どんなにイケてない男性も女心の機微をつかめるようになり、心身ともに磨かれて恋人ができるのであーる。攻の男（イケメンだが童貞）は美男塾に入塾し、講師（もちろん男性）に惚《ほ》れてし

（※125）あと、だんだん脚注が減ってきてないか？　疲れたのか自分。
☆文庫版脚注も減ってきてないか？　疲れたのか自分。

まうのだった。

　というような筋なのだが、攻の男と講師のラブストーリーよりもすごいのが、美男塾の授業内容だ。作品の八割五分が「イイ男」になるための講義シーンに費やされていると言っても過言ではない。これが圧巻で、「ボーイズラブのはずなのに、いつ『ラブ』になるんだろ……」という疑問も雲散霧消する楽しさと説得力に満ちている。たぶんこの作品を、「女心を知ってもらうための実用書」として彼氏や夫に読ませたい、と思った女性は数多くいると思う。

　たとえば、

「『一度だけしか言わない、君を愛してる』なんていう台詞《せりふ》は一見男らしくてかっこよく思えるかもしれませんが、ただのケチです」

　とか、

「嘘《うそ》も方便です。報道記者じゃないんですから、真実を言わないと相手の生命の危機に直結する場合は別として、相手にとってネガティブな本音は言い方を充分考慮すべきです」

とか。笑いつつも、「そうだよなあ」とうなずいてしまった。これって、男性から女性に対してだけに限らず、人間関係全般において言えることだろう。わたくし反省いたしました、美男塾の先生がた！

セックスや妊娠や育児や介護など、人生における難関（？）すべてについて、ことごとく講義してくれるのも美男塾のすごいところ。

「『俺がオムツ換えるよ』と言っといて開けてみて便だったら『うんこだったー、ママ代わって』なんてアホなことを言う男が多いですが、ふざけんなという話です」

というくだりなど、「なんなの、このリアリティー」と腹がよじれる。たしかに、うん〇のついたオシメひとつ換えたくないなら、子どもなんか作るなよなっちゅう話ですよね、美男塾の先生がた！　私は常日頃、「男性も家事や育児を手伝いましょう」の、「手伝う」というニュアンスからしてすでに気合いが入っとらん！　と激怒するタチなのだが（だから当然、だれかと共同生活するなど夢のまた夢なのだが）、他者とともに生きていくのだったら、性別に関係なく家事や我が子の育児を「する」のは当たりまえなんじゃないだろうか。しかし世の中ではどうも当たりまえではないと考えるひとのほうが多いようで、それはそれで所詮は独り身の俺がどうこう言うことじゃないからいいやと思いながらも、ちょっと釈然としない部分もあるのだった。そんな私の心に、美男塾の先生がたはビシバシと励ましと的確なアドバイスをくださるのでした。

あっ、わかったぞ！　私、美男塾的な「イイ男」になろうという気概はあるんだ（外見が美男ってことじゃないですよ。美男塾が最終的に目標とするのは、内面と行動が美男ってことなのだ）。バリバリ働いて、愛するひとを大切にし、言葉を惜しまず、困っているひとを見かけたらスッと手を差しのべられるような男に。

しかぁし、問題は、バリバリ働かず、愛するひとを大切にせず、言葉を惜しみ、困っているひとを無視する傾向にある男性を、

「でもまあいいところもあるのよ」とちょっと目をつぶって愛し励まし優しく成長させる女心に欠けるということだ！

これって一言で言うと、理想が高いってこと？ うわあ……。口先ばっかの理想が高く、自分はてんでダメなくせに、「相手がいねえ」とかほざくやつ（つまり私）は、美男塾に入塾して己れを磨け！

抱腹絶倒して読みつつ、最後は「すみません！」と平伏したのだった。

だけど、たぶん多くの女性が男性に求めること（＝美男塾の講義内容）は、実行は難しくとも、たぶん性別にかかわらず多くのひとにとっての理想の「人間像」だと思えるのだが、たぶん多くの男性が女性に求めること（＝家事や育児を完璧《かんぺき》にこなし、笑顔をたやさず、いつも美しく、相手を立てる、など）は、いざ自分が求められると、たぶん性別にかかわらず多くのひとが「けっ」と思うようなことだというのは、どういうことなんだろう。同じ無茶振りだとしても、せめて「けっ」よりは「理想の人間像」のほうを目指したいものだと思ってしまうあたり、やはり女心が欠落しているのであろうか。

美男塾に入塾します（併設で美女塾もあるらしいよ！）。

仲直り

07.17

おじから本宅に魚が送られてきたので（お中元？）[※126]、それを機に仲直りする母と私。ややぎこちないながらも、一緒になって魚をパクつく。

白か黒かはっきりしてほしい性格なのだが、生きていくなかの大半の出来事は、こういうグレーゾーンの決着を見せる。それもまたしかたのないことであるよ、と魚のうまさにほだされる。

食っている途中で、おじから「魚は届いたか。おっかさんと仲直りしたか」と連絡がある。「届いた、うまい。でも母とは会えば喧嘩するんだよ」と言ったところ、「また喧嘩してるのか。と

（※126）いま日付を見て気づいたが、母の誕生日だ。魚の送付は偶然か、おじから母へのプレゼントだったのか。とりあえず私が娘としてマメじゃないから、母が怒るのだなということははっきりした。

にかく魚を食え」と仲裁（？）された。

とにかく母と魚を食った。うまいものを食うと、なにもかもが「まあいいか」という気分になる。

さかなの子

07.17

魚をパクついていたところ、弟が帰ってきた。私が、「〇ーニョ〇ーニョ〇ニョ」と歌っていたら、「ブタ、うるさい」と言われる。

でもさあ、この歌、妙に耳につくのだよ。

火宅にはテレビがないので、実際の歌は聞いたことがない。しかし先日、友人伊佐治が歌っていたのを聞いて、否応《いやおう》なしに覚えてしまったのである。

「なんか歌いたくならない？」と弟に尋ねたところ、弟も「……うん」と言った。

私はこれまで、弟の歌声は鼻歌さえも聞いたことがないのだが(それぐらい歌舞音曲の世界と程遠い弟なのだが)、そんな弟すらも、どうやら脳内で「○ーニョ○ーニョ○ニョ」がリフレインしているらしい、ということを知った。

おそるべし、宮崎アニメ。

07.18

進化形

編集MJさんから、「道を歩く小学生の一団のなかに、『○ーニョ○ニョ○ニョ、アヒルの子』と歌っている子がいた」と報告される。

惜しい。

しゃかりき

07.22

友人Sが、「しゃかりきになって踊って云々《うんぬん》」と言う。「しゃかりき」ってすごい言葉だなと、ふと思う。漢字で書くと、たぶん「釈迦力」なんだろう。釈迦なみのパワー、か。ものすごそうだ。まさにしゃかりきって感じだ。(※127)

それにしても、日常会話で「しゃかりき」という単語を使うなんて、ちょっと古くないかS。そう笑ったら、Sはやや憤然と、

「でも『がむしゃら』じゃ、なんかちがうんだよ。やっぱり『しゃかりき』って感じだったんだもん」

と言った。

そういえばSは高校生のころ、カメラのことを「写真機」と言った女だ。私はむろん、そんなSのことが好きだ。

「がむしゃら」というのもすごい言葉だ。漢字で書くと、我無娑羅かな。釈迦入滅の地である娑羅双樹の林の木になるぐらい、我を忘れて頑張るってことだろう。


(※127) 永遠のループ。

……いま念のため辞書を調べてみたら、ちがった。「我武者ら」だった。我武者とは、「向こう見ずに行動するさま。血気にはやるさま。また、そのような人」（大辞林第三版）だそうだ。そんな我武者が複数名いるぐらい、頑張りようがすごい。それが、がむしゃら。

想像すると、けっこう鬱陶《うっとう》しい状況である。「わいわいうるさいぞ、我武者らめが！」って感じである。

無間道

07.24

ここのところ、毎日毎食焼きそばばかり作って食べている。

私はだいたい、一日二食である。仕事がかさんでくると、そのうち一食は外へ食べにいってしまうことが多い。さらにかさんでくると外に出られるような状態ではなくなるので、一日ぶんの食事をまとめて作っておいて、二食とも同じものを食べる。

（※128）

（※128）主な原因として無風呂が挙げられる。

問題は焼きそばの麺《めん》が、いかなる理由でか三個パックで売られていることだ。そのうちの二個を使って、一気に二食ぶんの焼きそばを作る。すると麺が一個残る。しかたないので、三個パックをもうひとつ買いにいく。そういうときにかぎってスーパーで特売をしており、パックを二つ買うとお得だったりする。これだけでもう、四日間も毎食焼きそばを食べつづけ、しかし麺が一個残る計算になる。しかたないので、三個パックをもうひとつ買いにいく。そういうときにかぎって以下略。

どうしたらこの焼きそば地獄から逃れられるのかわからない。

真実

08.03

オグシオ(※129)というのが、日本の女性二人の名前だということを、今週、「週刊文春」を読んでいてはじめて知った。

そのときの驚愕といったらなかった。


(※129) 小椋久美子選手と潮田玲子選手のペア。バレーボールではなくバドミントンです。惜しまれながらペアを解消した。

私はなぜかずっと、オグシオとは日本女子バレーボールチームの監督の名前だと思っていたのだ。オシム的な、外国から招聘《しょうへい》した監督だ、と。

でも、オグシオって名前とともに、なんでか「バドミントン」って単語も聞こえてくることが多い。それで七月下旬に友人に会ったとき、

「オグシオってもしかして、バドミントンの監督なの？」

と聞いた。

「いや、選手」

「外国の――」

「うん」

みなさん(※130)、いいですか。友人は「うん」って言ったんですよ！

しかも加えて、

「私も詳しくはないんだけど、ロシアだか東欧だかの選手だよ。かわいいって有名なの」

とまで言ったんですよ！

(※130) 日記なのに呼びかけ。

そう言われたらこっちだって、

「ほう」

と納得するでしょう。

今週に入ってとうとう真実を悟ったとき、「やられたー！」って思った。なんかちょっと爽快感があった。

こういうペテンには、引っかかってみるのもいいものだ。むろん、負け惜しみだ。

一苦労

08.04

パソコン机の周辺に本やら空きペットボトルやらがうずたかく積みあがり、椅子に座ったり立ったりするのが一苦労だ。

この感じはなにかに似ている……、と考えてわかった。F1の運転席だ。

トイレを目指し、F1ドライバーなみの身のこなしで椅子から抜けだせよ俺！

ガンダムの運転席でもいいな。

「アムロ、行きまーす！」って意気込みで、スチャッとシットダウンせよ俺！

あ、運転席じゃなく、コックピットって言うのか。そう呼ぶのもやぶさかではないですが、そこまでかっこいい代物《しろもの》かどうかはねえ、ははは。↑謙遜。

太宰治ふう？

08.17

ビーチサンダルをつっかけ、ユニクロのTシャツを着て破れたジーンズを穿き、ビニール傘を差してオリジン弁当に行く。ジーンズが破れているのはお洒落《しゃれ》たらいうようなものではなく、いつのまにか布に空いていた小さな穴に足の親指を突っこんでしまったところ、どんどん穴は拡大し、頑強なる堤も蟻《あり》の一掘りから崩壊するといったような仕儀に相成ったまでのことだ。

その格好でオリジンのベンチに腰掛け、「スタミナ弁当」ができあがるのを待ちつつ、雑誌「FUDGE」(※131)に掲載されし秋冬ファッションを恍惚《こうこつ》の境地で眺めるとき、己が人生は多大なる欺瞞《ぎまん》にまみれているのではあるまいかという拭《ぬぐ》いがたき疑念に襲来され、「わー」と叫んでちょっと死んでみようかとすら思う自分がいるのである。

せめて「スタミナ弁当」(※132)ではなく、「バランス弁当」(※133)にすべきだったろうか。

身のほどを直視せずに生きていたら、なんかもう「恥」という概念すら薄らいでまいりました。あなあなかしこ。

用語合ってるか？

08.22

電車内で聞いた男子学生二人の会話。

(※131)「FUDGE」　ファッション誌。ここ数年、この雑誌に載ってる服が一等お洒落でかわいいと感じられるため、愛読している。このときの号は蒼井優ちゃんがモデルとして登場していた。そりゃ買うしかない!

(※132)「スタミナ弁当」　餃子、鶏の唐揚げ、焼き肉が入った、まさにスタミナ満点の弁当。

(※133)「バランス弁当」　興味がないので写真をよく見なかったが、体によさそうなロハス的おかずに満ちた弁当。

「松山ケンイチってすごいよな」

「ああ、すごい。クラウザーさん（※134）、激似だべ」

「そのまえのL（※135）もそっくりだった」

「全然ちがうキャラに、よくあんなに似せられるよ」

「やっぱすげえ化粧映えすんじゃん？」

そこは「化粧映え」などという用語でくくっていい範囲なのか？　と思うも、学生二人の松山ケンイチ氏への尊敬の念については、まったく同感である。

殿様言葉

08.25

先日、ビジネスホテルに泊まったところ、洗面台に「good to drink／この水はお飲みいただけます」というプレートが貼ってあった。それを目にした瞬間、史上最高の翻訳能力（あくまで自社比）が発動し、「『飲むがよい』のほうがいいんじゃないか？」

（※134）クラウザーさん　『デトロイト・メタル・シティ』（若杉公徳・白泉社）に登場する、メタルロックの神的存在。

（※135）L　『DEATH NOTE』（小畑健・大場つぐみ／集英社）に登場する、新世界の神的存在と対決するやたらチャーミングな生き物。……脚注がだんだん意味不明になってきたうえに主観に寄りすぎている。

と思いついた。

飲むがよい。

……かたじけない。

天地無用

08.27

「天地無用」という言葉は、「この箱は上下をひっくり返して運んでもかまわないよ」という意味なのだとずっと思ってきたのだが、昨日電車に乗っていて唐突に、「かまわないなら、わざわざ記す必要はないではないか。なんかおかしいぞ」と気づいた。

帰宅して辞書を調べたら、「上下をひっくり返すな」の意味だと書いてあった。

「天地（を逆にすること）無用」なのね、ぎゃふん！　一番肝心な（ ）内の文言を略すのはやめてほしいわよね、ぎゃふん！

辞書を膝《ひざ》に載せた体勢のまま赤面する。

追いはぎ

08.27

「追いはぎ」(※136)という言葉について考える。

追いかけて、はぐ。山道で旅人を追いかけて、着物や財布をはぐ。

しかし時代劇などを見るに、追いはぎはたいがい藪《やぶ》のなかから、山道を歩く旅人の前面に出てくる。旅人の行く手に立ちはだかって、「命が惜しくば、この場に身ぐるみ置いていきな。まあ、ふんどしだけはそのままでいいことにしてやらあ。やや、かわいい娘っこもいるじゃねえか」なんて言う。

これはまちがいではないだろうか。追いはぎというのは本来、旅人の背後から襲いかかって着物をはぐものだからこそ、「追いはぎ」という名称になったのだと考えられる。追いはぎのくせに旅人と対峙する位置取りをしては、「追いかけて、着物をはぐ」ことにならない。それに着物は、背面から帯を解き引っぱがしたほうが、明らかに脱がしやすそうである。


(※136)同時に、「浦島太郎の腰蓑《こしみの》って妙だよな」とも考えた。なんで腰まわりだけ濡らさないように心がけるのか、そもそもあんな蓑で水分を防ぎきることができるのか、すべてが謎だ。

ということは、「藪のなかにひそんで旅人をやりすごしてから道に飛びだし、背後から襲いかかる」のが、追いはぎ的に正しい作法だと言えそうだ。

しかし、また疑問が浮かぶ。

人間心理として、目のまえの道を歩く獲物《えもの》（旅人）を、藪のなかからじっとうかがい、機を見て背後から襲いかかるなどということができるだろうか。一度や二度ならできるかもしれないが、追いはぎは職業である（たぶん）。何十回、何百回と襲いかからねばならぬのに、旅人が目のまえを通りすぎ終えるまでジレジレしながら待つなど、精神によくない。「背後から襲いかかるなんて、俺は卑怯者《ひきょうもの》じゃないか」とか、「あー、早く通りすぎちゃってくれよ。ところで今日の晩飯はなんだろ」とか、旅人をやりすごすあいだに雑念がよぎり、追いはぐタイミングと気力を失ってしまいそうだ。

やはり時代劇で描写されるように、「まずは旅人の進行方向をふさいでおこう」と考え、「旅人の行く手に立ちはだかる」ほうが、人間として自然な行動のように思える。

だが、それでは「追いかけて、着物をはぐ」ことにならないんだ！

　そこで少し視点を変え、行く手をふさがれた旅人の心理を想像してみる。動転した旅人は当然、「きゃー！」となって、まわれ右をし、もと来た道を一目散に逃げるはずである。十人に二人ぐらいは強行突破を試みるものもいるだろうが、まあ大半は背中を見せて逃げだすはずである。そんな旅人を追いかけて、着物をはぐ。だから追いはぎ。

　追いはぎとは、まわれ右して一目散に逃げだす旅人の協力によってようやく、「追いはぎ」になることができるのだ。

　なるほど、すっきりした。

08.30

覚え書き

ポーティスヘッドの新譜出てたんだな！　ちっとも気づいてなかったぜ。早速買ったぜ。やっぱりすげーいいぜ。

ところで今日は朝の六時に目が覚めたので、ヤマシタトモコの(※137)『イルミナシオン』（宙出版）を読んだ。原稿ができてないんだから、起床してすぐに仕事に取りかかれよっつう話だが、ほら、あれだ。漫画読まないとエンジンあたたまんないんだ。あったまってもこの車、時速二百メートルぐらいでしか走れないのだがな。

それはともかく、『イルミナシオン』がすごくよかった！「これこれこれ俺はこういう漫画を読みたいのー！」と朝から大声で吠《ほ》えてしまった。近所迷惑。

この作品集のよさについては各々《おのおの》で存分に噛みしめればいいのだが、ひとつ「そうか」と腑《ふ》に落ちたので、自分の覚え書きとして記しておくことにする。

ヤマシタトモコの漫画を読んで、「独特だなあ」とこれまで感

(※137) 当作品は私のなかで、この年のBL漫画ベスト3に入る。あとの二作は、『どうしても触れたくない』（ヨネダコウ・大洋図書）、『刺青の男』（阿仁谷ユイジ・茜新社）、『エイジ・コールド・ブルー』（えすとえむ・東京漫画社）、『素晴らしい失恋』（西田東・竹書房）といったところだろうか。あれ、「あとの二作」どころじゃなくなってしまったな。

じていた部分に、「暴力表現」がある。鼻血出るほど殴りあうのが愛情表現、という感じ。「愛が高じて思わず拳《こぶし》が」という単純なテンションともちょっとちがった、乾いた感じ。でも愛がないかというと、そうでもない。

うまく言えなくて歯がゆいのだけれど、「二人の関係」を主に恋愛方面から描くのを重視して展開するBLストーリーのなかで、暴力表現だけがなんだか浮遊してる感じがあるなと思っていた。その奇妙な浮遊感が確実に、ヤマシタトモコ作品の魅力のひとつだ。

これはなんなんだろう、と考えつつ答えが出なかったのだが、『イルミナシオン』の「あとがき」および収録された短編『神の名は夜』を読んで、「そうか」と勝手に腑に落ちたのである。『神の名は夜』は、ヤクザ二人の関係を描いた作品だ（すごく好みで、読んでいて非常に鼻息が荒くなった）。「あとがき」によると、ヤマシタ氏はこの作品を「青年誌の文法で描いている」そうだ。たしかに、と思う。しかしこの作品以降、「BLは少女マンガなんだ、ということに気がついて」、「少女マンガの文法で描くように心がけている」そうだ。たしかに、と思う。また、「エロスのシーンが暴力のシーンに代替されても同等に萌える」という発言も、ヤマシタ氏の作品を読んでいるとうなずけるし、私自身、男くさいバイオレンス物が大好物なので、気持ちはなんだかわかる気がする。

しかし、少女漫画および少女漫画の親戚《しんせき》である（と言っていいと私は思っている）ＢＬにおいて、「暴力」はとっても憎まれる。「暴力を愛とは認めない」という立場で物語を展開させるのが、少女漫画のお約束のひとつじゃないかと思うのだ。男女が殴りあいになったら、まあたいていは女が力負けする。「俺の彼女は滅法腕っぷしが強く、ＤＶの被害者は俺だ」という男性も皆無ではないが、男性が本気出して殴ったら、相手の女が柔道でオリンピックに出場できるぐらい鍛えてる場合を除き、たぶん十中八九のせるはずだ。

男より女のほうが、腕力と筋肉量が（一般的には）どうしたって少ない。そんな女という生き物が主な読者として想定される少女漫画（およびBL）においては、「拳で言って聞かせる」「愛を暴力で表現する」という物語は忌避される。そういう方法を持ちだされたら、絶対に負けるからだ。あらかじめ勝敗が決している方法を持ちだされては、対等な関係を築くチャンスが失われてしまうからだ。

にもかかわらず、ヤマシタトモコの描くBL漫画には、少女漫画の文法で描かれた作品であっても、ガンガン暴力表現が登場する。文法は少女漫画なのに、愛は拳で語る。このミスマッチぶりというかハイブリッドぶりというかが、奇妙な浮遊感を読者にもたらすのではないだろうか。

私は「愛は暴力ではない（暴力であってはならない）」と信じる者だが、しかしヤマシタトモコの作品を読むと、ふだんは目をそらしていたい真実（＝「だがそうは言っても、愛のなかには暴力的要素がどうしても混入するものだ」）を突きつけられる気がして、そこが大変刺激的であるし、「ではなぜ愛には暴力的要素が混入してしまうのか」を、もっともっと考えていかなければならんぞ自分、と痛感するのである。

とにかくおもしろくて切なくてヒリヒリする、人間の機微に迫った作品集だった。

激闘

09.20

長らく無沙汰《ぶさた》つかまつった。拙者ただいま、絶賛追いこみ中でござる。襲いくる敵(?)をばったばったと薙《な》ぎ倒しているのだが、未《いま》だ終わらぬ戦い。刀を持つ手がちょっと痺《しび》れてきちゃったなー。もういっそ討ち死にしたほうが楽なんじゃないかなー。

そんなこんなの毎日だ。三日に一度ほどコンビニに行くのが唯一の楽しみだ。

その道中、電柱の根もとに犬のフンが落ちていた。犬のフンのすぐ脇《わき》の地面には、

「糞！　飼い主失格！」

とパソコンで大書したＢ５の紙が、ガムテープで貼っつけてあった。ガムテープを貼るときに、犬のフンに手が触れちゃったのではないかと案じられるほど、フンと至近距離の地面に、だ。紙は雨に濡れても大丈夫なように、透明フィルムでコーティングされている。近所のひとは、犬のフンによほど腹を据えかねている模様である。

糞害に憤慨、か。

などと、オヤジギャグ的感慨を抱いている場合ではない。

戦いに戻る。

おまけコーナー

その四「YOMUZOからの手紙」

拝啓

吹く風に焼き芋の香りが混じり、いよいよ冬本番といった今日このごろですが、会員のみなさまにおかれましては、ますますご清祥のことと存じます。祝着至極《しゅうちゃくしごく》。

さて、このたび書状をしたためましたのは、ほかでもありません。みなさまのご来店頻度の問題についてでございます。

今回、書状を差しあげましたみなさまは、年間のご来店が二十回に満たないかたです。年間二十回といえば、十八・二五日に一回の割合。一カ月にたった一・六六六六（以下略）回しかスポーツしていない計算になります。これでは健康に悪い！　きわめて憂慮すべき事態です。

わたくしども「スポーツクラブYOMUZO」はこれまで、スポーツがお得意ではないみなさまのために、誠心誠意尽くしてまいったつもりです。ノルマ達成の暁に、みなさまにお読みいただく描き下ろし漫画。その玉稿を入手するため、当代人気漫画家の先生がた百人と、思い出すだに身の毛がよだつような攻防を繰り広げてまいりました。

某先生は週刊漫画誌の連載を抱え、そのうえ描き下ろしなど到底無理なことだったと土壇場《どたんば》でおっしゃり、缶詰となった某ホテルの高層階の窓から逃亡を企てました。わたくしどもは命がけで先生のズボンのベルトをひっつかみまして、そのさまを地上からご覧になった通行人のかたがたは、「リポ○タンDのCM撮影か？」と思われたとのことでございます。

また、べつの某先生は、ライフワークであられる長編漫画がちょうど佳境を迎え、ヒーローとヒロインがたび重なるすれちがいの果てに、いま結ばれるか否《いな》かの瀬戸際《せとぎわ》だというのに、新作のことなど考えられるはずもないとおっしゃいました。わたくしどもは、「そこをなんとか」と先生のお宅に日参し、犬のアーチー（長毛種）のお世話や、お庭のバラ園の手入れなど、心をこめてお仕え申しあげました。その甲斐《かい》あって、描き下ろしの新作をくださる、との確約をいただけたのです。

漫画家の先生がた百人、そして口はばったいことを申すようではございますが、わたくしども「YOMUZO」スタッフの、血のにじむような努力を、みなさまがたはいかがお考えでありましょうか。わたくしどもは先生がたとの攻防で心身をすり減らし、たいしたスポーツもしていないというのに、自慢ではないですが体脂肪率一桁《けた》台を保っております。

なぜ、ご来店くださらぬ。もちろん、月会費は頂戴《ちょうだい》しておりますから、幽霊会員が多いほうがわたくしどもにとっては楽なのです。しかし、艱難辛苦《かんなんしんく》を乗り越えて取りそろえました描き下ろしラインナップを、みなさまにお読みいただけないというのは非常に歯がゆい。みなさまは気にならないのですか？　尾田〇一郎先生の血湧《わ》き肉躍る武士道漫画の結末が！　椎名〇穂先生のミステリーラブコメスパイ漫画の行く末が！　「ＹＯＭＵＺＯ」でしかお読みいただけない珠玉作だというのに、みなさまはそれでも漫画オタクか！

いったい、わたくしどものなにが、みなさまのお気に召さないのでしょう。スタッフの教育に行き届かない面があったのだとしたら、心よりお詫《わ》び申しあげます。現在、施設のより一層の充実も図っておりまして、来春から『シティーハンター』コース」（マンションのベランダからぶらさがり、懸垂する）や『日出処の天子』コース」（夢殿に籠《こ》もって幽体離脱する。念力で雨を降らせるまで籠もったまま）などが、新たにお目見えする予定です。どうか、せめて年間五十回はご来店いただけないでしょうか。そして、ノルマを達成し、新作描き下ろし漫画をご堪能《たんのう》くださいませんでしょうか。

正直に申しまして、みなさまの健康など、わたくしどもはどうでもいいのです。ただひたすら、先生がたの新作をみなさまに読んでいただきたいのです！　このたぎる漫画愛を、是が非でも受け止めていただきたい！

ここまで申しあげてもまだ、「漫画愛よりもスポーツ憎しの思いのほうが強い」とおっしゃるみなさま。ご退会をお勧めいたします。貴様のような腑《ふ》抜けた漫画オタクは、「YOMUZO」に通う必要なし！　「黒王号の蹄《ひづめ》で踏みにじってくれるわ！」とラオウさまも憤怒《ふんぬ》の形相です。

この機会にお心を入れ替えられ、みなさまが健康で楽しいスポーツ&漫画ライフを送ってくださいますことを、「スポーツクラブYOMUZO」スタッフ一同、衷心よりお祈り申しあげております。

敬具

追伸。なお、次回の更新特典は、石ノ森章太郎先生の『サイボーグ009』特製スカーフです。街着のおしゃれなアクセントに！　行楽のお供に（万が一、行楽先で怪我《けが》をした場合、傷口を縛る包帯がわりにもお使いいただけます）！

あとがき　日記、それは記録に対する人間の執念。

無人島に漂着したロビンソン・クルーソーはたしか、洞窟《どうくつ》の壁だかヤシの木だかに、日にちを数えるための線を刻んでいた。私は子どものころ、ロビンソン氏の行動の意味がよくわからなかった。せっかく無人島にいるんだから、何日経《た》ったかなんて気にせず、魚を捕ったりサルと遊んだりすればいいのに！

彼の孤独と苦悩を、まったく汲《く》みとれていなかったもようだ。

大人になって、「ここは無人島かしら？」とうっかり勘違いしそうなほど、毎日毎日一人で部屋に籠《こ》もって仕事していたら、ロビンソン氏の気持ちも少しわかるようになってきた。

五日ほど、だれとも会わず、だれとも会話せず生活する。するとなぜか、私はふいにパソコンから離れ、柱のまえに立ってしまうのだ。おもむろにティッシュの箱を脳天に載せ、鉛筆で自分の背丈を柱に刻みつける俺。でもメジャーを持ってないので、刻まれた黒い線を「ふむふむ」とただ眺めるだけに留める俺。

いったい、この行動になんの意味が？

べつに意味なんかないのである。この年になって、背丈がのびているなんてこともないのである。でも、たまに柱のまえに立ち、ティッシュの箱を頭に載せる。自分で自分の背丈を測るのは難しい。鉛筆で書いた線は歪《ゆが》んでいる。柱のほぼ同じ位置に引かれた、何本かの歪んだ線を眺め、ひたすら「ふむふむ」と思う。満足して、再びパソコンに向かう。

そうか！　退屈で、思うように物事が進まないと、ひとは線を刻みたくなるんだな！

なんだかいま、無人島方面から「ちがう！」と野太い声が聞こえた気がする。経過した日数を洞窟に刻むのも、柱に背丈を刻むのも、記録と言えるだろう。ひとは放っておくと、なにごとかをせっせと記録する習性を持っているようだ。

しかし、「なぜそれを記録する？」と不思議でたまらないものもある。贈収賄《ぞうしゅうわい》事件の際に、必ずと言っていいほど関係者が残しているメモだ。いや、実際にそんなメモを見たことはないが、新聞やテレビで報じられる。

「検察が押収《おうしゅう》したメモを分析したところ、〇月〇日に赤坂の料亭で政治家某と会社社長某が会食し、その際に紙袋に入った三百万円が手渡されたことが明らかになった」

たぶん、メモというのは社長秘書の手帳かなんかで、そこには、「〇月〇日　午後七時 Aの料亭KでY党のGと懇談。和菓子三個」とか書いてあったのだろう。和菓子一個が百万円を表します。

おかしいと思うのだ。「帳簿を調べたら裏金を操作した痕跡《こんせき》があった」というのは、まだわかる。会社は帳簿をつけなきゃいけないと決められているから、経理担当者は裏金の持っていき場にさぞかし四苦八苦したのだろうなと推測できる。だが、なんで秘書は、頼まれてもいないのに律儀《りちぎ》に、「和菓子三個」などと手帳に記しておいたのだろう。「これは贈収賄事件に発展するかもな」とわかっていたはずではないか。だったら、Y党のGとAの料亭Kで会って、「和菓子」を三個渡したことは、どこにも記録せず自分の腹ひとつに納めておけばいいではないか。メモ魔の秘書なのか?

贈収賄事件解明の糸口となるメモが、どのような内容で、どんな考えと感情によって記されたものなのか、実態はわからない。しかし、「メモを分析したところ」と聞くたびに私は、「嗚呼《ああ》、人間。記録せずにはいられぬ生き物よ」と嘆じずにはおれないのである。

とりあえず、「賄賂《わいろ》を贈ろうかな」と考えている社長は、メモなんて全然取らないズボラな秘書を雇うといいと思う。ズボラなひとはたぶん秘書には向いておらず、日常の業務に多大なる支障(ダブルブッキング、すっぽかし、歳暮の時期になってようやく得意先に中元が届く、など）が生じるだろうが、この際いたしかたないと割り切るしかあるまい。

さりげなく、「ここに秘書にうってつけの人材がいますよ」とアッピールしてみたのだが、気づいてくれたか全国の社長よ。

先日、感動的な話を聞いたので、ここに記録しておこう。

某さんはある晩、夫から真剣な表情でこう切りだされた。

「これはいままで、だれにも言ったことがないんだが……。きみだけに伝えておきたい」

いつも穏やかな夫に、いったいどんな秘密があるのか。もしかして夫はこれまで、秘密を抱えて一人悩んでいたのか。某さんは心配と不安を押し隠し、

「なあに、どうしたの？」

と、あえて明るく尋ねた。夫はしばしためらっていたが、やがて意を決したのか、

「実はな……。実は俺、自分のおならの数を数えたことがあるんだ！」

と言った。「小学生のときだった。元旦《がんたん》に突然、『人間ってどれぐらいおならをするものなのかな』と気になって気になってたまらなくなった。俺は早速、カウントをはじめ、その年の七月まではちゃんと数えていたんだよ。だれにも言わず、一人でコツ

コツとな」

「そ、それで……」

と某さんは言った。「正月から七月までで、あなたは何回おならをしたの？」

「覚えてないんだ！　けっこうな数になるもんだなとは思ったんだが、覚えてないんだよ！」

「ばかじゃないの」

と吐き捨てるように某さんは言ってしまった、とのことだ。

「妻としてちょっと冷たすぎたでしょうか」と某さんは反省しているが、当然の反応だと私は思うがな。しかし、「ばかじゃないか」と思う反面、「おならの数を数えようと思いつくなんて、某さんの夫はなんてすごいひとなんだろう」と、得も言われぬ感動がこみあげたのもたしかなのだった。

某さんの夫が具体的な回数を忘れてしまったのは、かえすがえすも口惜しいことだ。やはり、どんなに些細《ささい》なことであっても、記録するのが肝心だと言えるだろう。小学生時代の某さんの夫に、メモ魔の秘書がついていてくれれば……！　きっと、「○月○日　朝、マシュマロ三個。昼、夜、ともにマシュマロ一個。就寝時、マシュマロ二個」などと、頼まれもしないのに律儀に手帳に記しておいてくれたはずなのに。申すまでもなく、マシュマロ一個がおなら一回を表します。

いつか死んでしまうと知っているから、人間は記録への執念を抱いているんだろう。日記はきわめて個人的な記録のように見えて、実は他者へ向かって開かれている。なにかの記録をつけるという行為自体が、自分以外のだれかとつながりたいという欲望の表明なのではないかと思う。

新年からは「おなら日記」をつけてみようかと、ひそかに志を抱く師走《しわす》かな、だ。

どうもありがとうございました。

二〇〇八年十二月

三浦しをん

文庫版あとがき　日記、それは欲望の表明。

時が経《た》つのは早いなあ、というのが、文庫化にあたって本書の内容を読み返してみての感想だ。

すでにこの世にいないひとも登場していて、なつかしく切ない気持ちになった。でも、楽しく過ごした時間がありありと脳裏によみがえったので、やはり日記をつけるのはいいことなのかもしれない、と思う。そう言いつつ、本書収録ぶん以降、ほとんど日記をつけていないのですが。

性に合わんのですよ！「毎日コツコツ」ってのが、なによりも苦手なのですよ！あと、日記に書くことがない。これが一番の問題である。文庫用に一カ月ほど日記（というかメモ）をつけてみたので、ここに公開します。

二〇一八年二月十四日

銀行へ行く用があったので、「そうだ、手土産のお菓子も買っておこう」と近所のケーキ屋さんに寄ったら、長蛇の列だった。新装開店セールかなにかか？　と思って、ふと気づく。茶色いアレをやりとりする日か！　チャバネゴキブリはきらわれるのに、茶色いアレは嬉々《きき》としてやりとり。シット！　まあ、しょうがない。私はチャバネゴキブリを食べたことがないが、茶色いアレよりもおいしい、ということはなさそうだもんな。手土産購入はまたにしよう。すごすご退散。

二月十七日

連日、ゲラやら原稿やらで一歩も外に出ていない。なのに風邪気味だ。たぶん気のせいだ。

二月二十日

やはり風邪は気のせいだったらしい。

ゲラがまだ終わらないうえに、とうとう手土産なしでひとに会うことになってしまった。茶色いアレのせいだ。嘘《うそ》だ。茶色いアレにはなんの罪もない。この忙しさの原因は、ほかにある。例の「朝の日課」が、私のスケジュールに多大な影響を及ぼしているのだ。日記なのに、「例の」ってぼやかす必然性はあるのだろうか。

確定申告の準備に追われる。忙しいときにかぎって、確定申告の季節がやってくる。

くそー。五年に一度ぐらいにしてほしいぜ。

三月一日

ねえ、こんなに外出しないって、どうかしてない⁉ 一言も発さず、黙々とゲラをやっている。だれだよ、単行本と文庫のゲラが複数かぶるようなスケジュールにしてしまったのは！ 俺だ！ 自業自得《じごうじとく》。「朝の日課」は順調。

三月八日

なんとかゲラがひとつ終わる。だが、またすぐ次のゲラが来る。だれだよ（以下略）！ 俺だ！ 「朝の日課」は順調。

「朝の日課」とはなんなのか、正直に言おう。ここのところ、ほぼ毎朝、『HiGH&LOW』シリーズまたはEXILE一族のライブDVDを見てしまっているのだ。もっと正直に言うと、「ここのところ」ではなく去年の夏からだ。それで朝の二時間ほどがつぶれるので、そりゃあ仕事が逼迫《ひっぱく》するに決まっている。でもやめられない。「EXILE一族にはまった」と告白すると、「身のほど知らずにも、顔と筋肉のいい男に夢中になってやがる」みたいな目で見られるのが不本意だ。あたしは彼らの体育会系的人間関係も興味深いなと思って……！　わかった、認めよう。たしかにそのとおりだ。これまでどちらかというと文化系枯れ専だった（？）が、この年になってみてわかった。顔と筋肉も大事！　美は力なり、と……！

私はだれに対して、被害妄想的弁解をしてるんだ、日記なのに。堂々と好きなようにDVD見りゃいいじゃんか、一人暮らしなんだから！（↑一人なのに、ついもじもじしながらコマ送りとかしてるらしい）

三月九日

近所に住む母が、早朝から突然やってきた。そのとき私は、『H・iGH&LOW THE MOVIE 2 END OF SKY』（タイトル長い）の再生ボタンをちょうど押したところだった。「あわあわあわ」と思っていたら、物語冒頭で出現する五つのエンブレムに、「あら、なあに？　かっこいいわね」と母が食いつく。

この説明、『ハイロー』（と略す）を見たことないひとには「なんのことやら」だろうけれど、そういうかたには、「いろいろすごいので、ぜひ『ハイロー』シリーズを見てください。いきなり『ハイロー2』から見ても大丈夫です」と言っておこう。ちなみに、本書の「まえがき」に出てきた「MUGEN」とは、『ハイロー』に登場するバイクチームの名だ。『ハイロー』について、友人たちとメールで頻繁にやりとりしていたら、パソコンの変換候補がおかしなことになってしまったのだ。

それはともかく、母はそのあと二時間ほど、画面に釘付けだった。私は去年の夏、『ハイロー』をはじめて見たのだが、そのときはEXILE一族の顔と名前をだれ一人として知らなかった。しかし母は、当時の私の百倍はEXILE一族を知っていて、「あんた、毎日どれだけテレビを見てるんだ」とおののいた。私が知らなすぎだっただけか？

『ハイロー2』を見終えた母の第一声は、「画面じゅうに、顔のいいひとたちが……！」だった。なんという端的な感想であろうか。

美は力なり……！

三月十日

昨日は、『ハイロー』シリーズをさかのぼって見たがる母を追いだすのに苦労した。「また来るから、絶対見せてよ！」と言って、母は帰っていった。

しかし、あれだな。昨日の日記はちょっと語弊があったかもしれないな。『ハイロー』シリーズは、なにも顔面力のみがすぐれているわけではないのだ。アクションや美術や衣装にものすごく気合いが入っていて素晴らしい、という点についても、母と私は熱く語らった。

まえまえからうっすら思っていたのだが、母はオタッ気がある（本人に自覚はない）。それを言うなら、本書で登場する祖母（母の母）もそうだった。そういう感性とは、どこで培《つちか》われるものなのだろう。遺伝なのか環境なのか、あるいは両方なのか。「三代つづいた江戸っ子」と言うが、それでいくと我々は「三代つづいたオタク」ということか。江戸っ子に比べ、あまり胸を張れない感じがするのはなぜだ。

そして、「中国四千年の歴史」と同様、江戸っ子はいつまで「三代」のままなんだ。

というようなことを考えていたら日が暮れたので、就寝する。

三月十三日

またしてもゲラピンチ期間に突入。俺だ！（もはや自問自答ですらなく、「威圧的な詐欺電話」みたいになった）。

そんななか、確定申告の書類を提出しに行く。税理士さんのおかげで、毎年なんとか乗り越えられている。そもそも、事務処理能力とか「日記やおこづかい帳をちゃんとつける能力」とかに著しく欠けるのを見抜かれたから、私は就職活動に失敗したのではないのか（ほかにも見抜かれた点は多々あると思うが）。そういう人間に確定申告を要求するというのが、制度的におかしくないか。と毎年思うのだが、羊のようにおとなしく体制がわに従ってしまう俺だ。

確定申告提出会場で並んでいるあいだ、いま話題の、佐〇前国税庁長官の人生について考える。だれにも頼まれていないが、考える。いろいろつらい立場なのだろうけれど、私だったら事実をすべて話す。たとえ一文無しになったとしても、率直に話したほうが、楽しく晴れ晴れとした老後を過ごせそうだからだ。考えるうち、「佐〇くん、どうするんだろうな……」と心配になってきた。よもや……恋⁉ではないな、うん。国家公務員は国民のために仕事をしている、という大前提を思えば、やはり「事実をすべて話す」以外の道はないのは明白だ。

確定申告を終えたその足で、仕事の会合へ。帰りがけに欲望百貨店に寄る。

地下の洋菓子コーナーにスーツ姿の男性が列をなしており、「なにごと⁉」とびっくりする。ああ、白いアレをやりとりする日が、翌日に迫っているからか。

そう思って見ると、男性陣の表情が、「やれやれ」と列にうんざりしつつ、どこか誇らしげなようにも感じられてくるから不思議だ。

三月十六日

佐○くんの心配をしている場合ではなかったかもしれん。どうして仕事って予定どおりに進まないのだろう。私が国家公務員になっていたら、この国は機能不全に陥っていたところだ。ふぃー、危ない危ない。そろそろ、「国家公務員にならないでくれてありがとう！」という感謝の声が、近所のカラスとか猫ちゃんとかから寄せられてもいい頃合いだ。

安心したまえ、カラスや猫ちゃんたち。国家公務員になるという発想も能力も、もともとまったくなかったのだから！

などと現実逃避している暇があったら、赤ペンを振るえ、俺！

三月十七日

夕飯を作る気力がなく、近所のラーメン屋さんに行く。夫婦で切り盛りしている店なのだが、見覚えのない若い男性も厨房にいた。「だれだ？」と思い、常連のお客さんたちの会話に耳をそばだてる。その結果、店主夫妻の息子だと判明。ほかの店で修業したのち、後を継ぐべく帰ってきたのだとか。

おお、めでたい。壁を見ると、「ツイッターはじめました」という貼《は》り紙があった。なるほど、冷やし中華ならぬツイッターをはじめたのか。きっと息子の発案だろう。祝意を示すべく、なんらかのリアクションをしたいものだと思ったのだが、そういえば私はツイッターをやっていないのだった。そして常連さんたちも軒並み、ツイッターをやってなさそうなおじいさんばかりなのだった。

心のなかで、フォローとリツイート（用語合ってるか？）をしておいた。

ここで日記（というかメモ）は途切れている。あまりにもなにもない日々、そしてあまりにもEXILE一族のことばっかり（たまに佐○くんのことも）考えてる日々、ということがおわかりいただけたかと思う。書くことなくて、日記をつけられないのも当然である。

何年経とうが、いついかなるときも漫画と芸能人に夢中、という事実が明白になってしまうのが、日記やエッセイを書くおそろしさだ。私の友人は、既婚未婚・子どもの有無を問わず、「いつも漫画と芸能人に夢中」なタイプばかりで、現在も楽しく漫画談義や『ハイロー』談義をしている。だれか止めてー！　と思わなくもないのだが、たしなめてくれるものが一人もいない事態になってしまうのが、「類は友を呼ぶ」の危険なところ。睡眠時間を削り、あるいは家族からの白眼視に耐え、しょっちゅう、だれかしらの家で漫画会議やＤＶＤ鑑賞会を開催しているのだった。
代わり映えがない。だが、代わり映えのない日常こそが、なによりも大切なものなのだと、この十年のあいだにますます感じるようになった。加齢の証《あかし》？　それもあると思うが、本当にいろいろなことが起こりましたものね、この十年。

単行本にひきつづき、文庫のカバーも中村明日美子さんが描いてくださいました。美麗描き下ろしイラスト、本当にどうもありがとうございます！「ＹＯＭＵＺＯ」も感激！　うれしすぎて、にまにま眺めてしまいました（不審者）。このうさちゃん、おざぶ、私も欲しいです。

解説を書いてくださったジェーン・スーさんにも、心より御礼申しあげます。愉快で鋭い分析に、笑いながらぶるぶる震えました。わたくし、トイレのドアは開けっぱなしで用を足す派です（解説参照）。むろん、自宅以外のトイレでは、しずしずとドアを閉めますが。スーさんもしかして、拙宅に住んでるのかなと思い、そっと納戸《なんど》を覗《のぞ》いてみましたが、そこには漫画の山があるのみでした。スーさんの洞察力、すごすぎる！　あと、『ハイロー』のおかげで血中ヤンキー濃度（？）が上がってるので、最近も「俺」を頻発しています（解説参照）。
そして、お読みいただいたみなさま、どうもありがとうございました。みなさまの日記帳が、代わり映えなく、しかし楽しい出来事で埋まりますよう、お祈りしております。

三浦しをん

二〇一八年三月

解説──ビロウは尾籠と書くんですね

ジェーン・スー

ビロウは尾籠と書くんですね。初めて知りました。しかし、本書のページをいくら繰っても「ビロウ」の意味は書いてありません。タイトルの低姿勢っぷりとは裏腹に、読み手の知的レベルが問われる書と言えます。

これは解説ですので、懇切丁寧に参りましょう。まずはビロウを辞書で引いてみます。正直に言えば、私もよくわかっていませんので。

以下、三省堂の大辞林から抜粋します。

びろう　【尾籠】

（名・形動）〔文〕ナリ

〔「おこ（痴）」の当て字「尾籠」を音読みした語〕

①わいせつであったり不潔であったりして、人前で口にするのがはばかられること。

きたないこと。また、そのさま。
②礼を失すること。失礼。無礼。

なるほど。ぼんやりとは理解しておりましたが、「おこ（痴）」の当て字だったとは知らなんだ。ところで「おこ（痴）」ってなに。「おこダヨ（怒）」なら知ってるけど。使ったことないけど。

さて、ビロウ。誰に見せるでもない徒然《つれづれ》が日記の大前提であるにもかかわらず「人前で口にするのがはばかられる」とはこれ如何《いか》に。その点については著者がまえがきにて三島由紀夫のエピソードに触れておりますが、本書はインターネットで公開されていた日記を編纂《へんさん》したものであり、且《か》つ文字通り「ビロウだよ！」とツッコミたくなるような話題満載なのでタイトルに偽りなしと言えます。

それにしても、偽りなしにもほどがある。そう思いませんか？　私は思いました。これでは私を始めとしたそこらの独身女と同じではないか。そうは書いてなかったけど、三浦しをん氏は用を足すときトイレのドアを開けっ放しにしているだろうな。そんな想像が膨らみます。私がそうだからわかるのです。

数多《あまた》の素晴らしい物語を紡ぐ三浦しをん氏の私生活、ここまで○○○だったとは！

○○○には各自好きな言葉を入れてください。寂れている、荒《すさ》んでいる、廃《すた》れているなどと言うつもりは毛頭ありません。私は「暇そう」だと思いました。

いや、そんなことはない。いつも締め切りやゲラ校正に追われているし、忙しそうではないかと反論もあるかと存じます。おっしゃる通りです。しかし、仕事であろうがプライベートであろうが、三浦しをん氏は徹頭徹尾自分のことにかまけている。ご高齢のおばあさまに介抱までさせている。一日の二十四時間はすべて自分のために使われています。なんという親近感。

独身女はいつ何時も自分のことにしかかまけないので、どんなに忙しくとも暇そうな印象を与えるものです。私は自分がそのような状態にある時、同世代が配偶者や子どもや義家族のために時間を割いているのに、なんて私は暇なんだ！と慟哭《どうこく》したくなります。よって「暇そう」は共感の証《あかし》なのです。

いにしえより「ガリア戦記」「土佐日記」「蜻蛉《かげろう》日記」など多くの日記文学と呼ばれるものが数多存在します。恥ずかしながらどれひとつ読んだことがありませんが、他人の日記というジャンルがこれだけ長く愛されているのは、それが旅行記であれ戦記であれ、親近感を含む共感や、違いを認識する楽しみがあるからでしょう。自分ではない誰かの書いた日記は他者の生活を追体験できるツールであり、他者の輪郭をなぞることは、自分自身の輪郭をなぞることと同義と言えます。

逸《そ》れるようで、そんなに逸れていない話をします。長所と短所という言葉がありますね。私は常々思うのです、長所と短所というものは、絶対的な事柄ではないと。どういうことかと申しますと、「優しい」とか「頭が良い」とか「人徳がある」なんてぼんやりとした最大公約数の長所はいくらでも偽装できるもので、就活の面談時にしか活用されません。短所も然《しか》りです。

特に長所は「わたくしの長所は〜」などと自ら他人に語れるものではなく、対峙《たいじ》する相手によって見出される要素が異なるものです。当の本人はいつも通りの生活をしているだけなのに、それを垣間見た者は他者の生きざまに魅せられ、自分にもあんな特徴が欲しいと切望する。それが真の長所だと思います。長所は個々の関係の間にしか認められぬものなのです。

相対的な長所を認めるのに、日記なるものは非常に適しています。以下、私が魅せられた三浦しをん氏の長所を述べます。

【ド腐れている】

腐女子関連の話だけではありません。趣味全般についてです。本書では漫画、小説、演劇などのエンターテインメントを、これでもかと楽しむ三浦しをん氏の姿が描かれております。俗に言う「見事なオタクっぷり」ですが、ここまで緻密《ちみつ》かつカジュアルに分析し、血肉にせんとばかり貪《むさぼ》るほどの趣味が私にはない。オタではないことがコンプレックスと言っても過言ではない非オタは私だけではないでしょう。見知らぬ固有名詞が出てくるたびに、嗚呼《ああ》、人生を楽しんでいらっしゃる！と空を仰ぎたくなります。

こういうことをド腐れた人の前で言おうものなら、「いやいや、狭い趣味ですよ」とか「もっと詳しい人はたくさんいます」などと嘯《うそぶ》かれることが多い。それ、こっちが虚《むな》しくなるから止《や》めてくれ。あなたは首まで浸《つ》かった沼の住人。私は所詮《しょせん》、浅瀬でパチャパチャ野郎なのです。

夢中になれる趣味があり、その有様を人に伝える力にも長《た》けているなんて、非オタに残されているのは羨望《せんぼう》くらいでしょう。トイレットペーパーや大掃除の話に気が緩んだところで突如差し込まれる、くらもちふさこと中勘助の記憶力の発露の仕方の違い。本質的な特徴をわかりやすく例える優雅な文章。惚《ほ》れるねぇ。

【夢がおかしい】

小説家が見る夢は大変だ。どうかしている。私はいてもたってもいられず、いただいたゲラの夢モノだけをカッターで切り取りまとめて読んでしまいました。いっぺんに読むとなんともアシッド。アシッドは幻覚剤のことです。世が世なら発禁だ。夢はそもそも支離滅裂なシロモノですが、物語を紡ぐ力のある人が見る夢はこれほどまでに幽玄なのか。うらやましくてたまりません。本音を言えばかなり悔しい。

高いところに不安定な状態でいる夢なら、私も見たことがあります。しかし、せいぜい木の椅子が高く積まれたてっぺんでひとりグラグラしている程度。それが三浦しをん氏の手(というか脳)にかかると、古くて立派なホテルの中庭で食べるディナーになります。その上、薄ピンクのテーブルクロスがかかった円卓を友と囲み予約が遅きに失したことを悔やむ。あくまで当社比なれど、三浦しをん氏の夢は情報量が多過ぎる。それをつぶさに覚えているのも凄《すさ》まじい。どうなっているんだ、三浦脳。

「他人の夢の話はつまらない」が今までの相場でしたが、三浦しをん氏は違います。夢モノだけを集めた本が出版される日を心待ちにしています。三浦しをん氏の夢は値千金なのです。私は「雄と雌の駕籠《かご》かき」や「四徳《しとく》と野宮」の続きがどうしても読みたいんだ。

【矜持《きょうじ》が尊い】

この「尊い」は一般的な意味です。

文筆業界隈《かいわい》の末席を汚す者こと私が書けば書くほど痛感するのが「心にもないことを書くのは簡単だが、心に存在するものしか結局は響かない」ということです。平たい言葉で言うと「本当のこと」となります。

この「本当のこと」というのが厄介で、そんなものは見ないで済むなら見ないままで済ませたい。胸の内に存在するあれこれなんて辻褄《つじつま》の合わないことばかりだし、人様に見せたら顔をしかめられる下衆《げす》な思いにも溢《あふ》れています。

ごまかしごまかし生きる日々のなかで、それでも正直に快く生きたいと、ドブを浚《さら》ったのち己に課す約束事があります。私はそれを矜持と呼びます。本書には三浦しをん氏の矜持がチラリと見える箇所が多々あります。

参考までに、72ページ「ドリームキャラ問題」をご参照ください。「男性作家が書く女性キャラ、女性作家が書く男性キャラは、だいたいにおいてドリームである」で始まる日記です。それについてMAさんと侃々諤々《かんかんがくがく》やるわけですが、ここで三浦しをん氏は「自分のなかの異性愛規範の根深さに無自覚なまま恋愛小説を書くことは、私にとってはほとんど罪悪」と記しています。

私の解釈では、この場合のドリームとは現実に即していない、無自覚に自分の癖が入った状態を指します。創作者の手癖だけに限った話ではありません。一般の恋愛においてで理想の相手や付き合ってはいけない相手を語る際にも、ドリームは姿を現すものです。

果たしてこれは、自分という泉からこんこんと自発的に湧《わ》きあがった人物像でしょうか。私は違うと思います。生まれて今日までの間に、家庭や学校や職場などの生育環境、つまり社会に影響されて育った像です。架空の人物だとしても、ゼロベースからの誕生では決してない。創作に翻《ひるがえ》ってたとえるならば、主人公を太陽に透かしてみれば、真っ赤に流れる書き手の血潮なのです。

創作に反映される紡ぎ手の異性愛規範の根深さなんて、それこそ不都合な果実ばかりがたわわに実る樹《き》のようなもの。紡ぎ手が一番知りたくないことでしょう。それを見て見ぬふりでいるのは罪悪と、三浦しをん氏は記しているのです。不都合な果実をもいでもいでもぎまくって検分すると言っている。これは「私はこれからもビール瓶で脛《すね》を叩《たた》き続けます」と言っているようなものです。矜持をまっとうするとはそういうことです。三十代前半でここまで自覚的とは！　まぶしい。まぶしくて目が！　老眼を患うとまぶしさにも弱くなります。
そもそも異性愛規範の存在自体に気付いている人がどれほど居ようか。こういうことを正直に書ける人間に私もなりたい。

以上が私にとっての三浦しをん氏の長所です。百人いたら、百人が異なる長所を見出せるのが本書の特筆すべき点です。三浦しをん氏の自意識が綴《つづ》られた本書は、読み手の自意識の反射板でもあるのです。
散々書き散らかしておいてなんですが、実は私が一番感銘を受けたのは「ホームの下を流れる川」における謎《なぞ》の水の描写でした。以下、引用です。

ドアの窓に顔をくっつけるようにして、ホームの下の謎の水を凝視する。水はやっぱりものすごく澄み、わずかに射しこむ日の光を白く弾《はじ》いて流れて（あるいは湧いて）いるみたいだ。

三浦しをん氏があのオデコをペタリとドアの窓にくっつけて、逆三白眼になりながらホームの下を覗《のぞ》く姿が目に浮かびます。あまりに下の方を見過ぎて、鼻の下もちょっと伸びているかもしれない。眼下を流れる（あるいは湧く）謎の水のきらめき。少しだけ止まった時間に、謎の水だけが流れて（あるいは湧いて）いる。フワッと小説の世界に連れていかれました。ここだけは別料金を取った方が良いのではないか。だって、お腹の弱さばかりを綴っていた人が書いたものとは思えませんでしたから。

しかし、ビロウの女王は分泌の、違う、文筆の女王でもあるのです。なんという不思議。なんという奇跡。「なんだ、私とたいして変わらないじゃない」と思わせておいて、バシッと射貫《いぬ》かれた時の心地よさ。思わずクゥと声が漏れます。小説では味わえぬ喜びを味わえるのが、この『ビロウな話で恐縮です日記』です。

三浦しをん氏がどのタイミングで一人称「俺」を手放すのか、それとも一生手放さないのかを見届けるためにも、ブログでの頻繁な日記の更新と更なる単行本化を願ってやみません。

ちなみに私が目視したところ、2017年1月18日の日記ではまだ「俺」でした。


（平成三十年四月、コラムニスト）

この作品は平成二十一年二月太田出版より刊行された。

JASRAC 出 1803752-801

ビロウな話《はなし》で恐縮《きょうしゅく》です日記《にっき》

新潮文庫　み－34－14

平成三十年六月一日発行

著者　三《み》浦《うら》しをん

発行者　佐藤隆信

発行所　株式会社　新潮社

郵便番号　一六二―八七一一
東京都新宿区矢来町七一
電話　編集部(〇三)三二六六―五四四〇
　　　読者係(〇三)三二六六―五一一一
http://www.shinchosha.co.jp

価格はカバーに表示してあります。

印刷・錦明印刷株式会社　製本・錦明印刷株式会社

ISBN978-4-10-116764-0 C0195